QUATORZE JOURS

DE BONHEUR

PAR

Mme DE STOLZ

Ouvrage

ILLUSTRÉ DE 55 VIGNETTES

PAR BERTALL

PARIS

LIBRAIRIE HACHETTE ET Cie

79, BOULEVARD SAINT-GERMAIN, 79

PRIX : 2 FRANCS 25

Typographie Lahure, rue de Fleurus, 9, à Paris.

QUATORZE JOURS

DE BONHEUR

OUVRAGES DE Mᵐᵉ DE STOLZ

————

La Maison roulante. 3ᵉ édition. 1 vol. avec 20 vignettes sur bois, par É. Bayard.

Le Trésor de Nanette. 3ᵉ édition. 1 vol. avec 25 vignettes, par É. Bayard.

Blanche et Noire. 2ᵉ édition. 1 vol. avec 54 vignettes, par É. Bayard.

Par-dessus la haie. 2ᵉ édition. 1 vol. avec 56 vignettes, par A. Marie.

Les Poches de mon oncle. 2ᵉ édition. 1 vol. avec 20 vignettes, par Bertall.

Les Vacances d'un Grand-père. 2ᵉ édition. 1 vol. avec 40 vignettes, par Delafosse.

Prix de chaque volume broché : **3 fr. 25 c.**
Et cartonné en percal. rouge gaufrée, tranche dorée, **3 fr. 50 c.**

Typographie Lahure, rue de Fleurus, 9, à Paris.

QUATORZE JOURS

DE BONHEUR

PAR

Mme DE STOLZ

Ouvrage
ILLUSTRÉ DE 45 VIGNETTES
PAR BERTALL

———————

PARIS

LIBRAIRIE HACHETTE ET Cie

79, BOULEVARD SAINT-GERMAIN, 79

—

1876

Droits de propriété et de traduction réservés

QUATORZE JOURS
DE BONHEUR

CHAPITRE I

Mère et enfant.

« Qu'as-tu, Angèle?

— Rien, maman.

— Tu parais rêveuse, ce soir? A seize ans, on ne rêve pas, si ce n'est en dormant.

— Maman, je ne rêve pas, je pense.

— A quoi donc penses-tu?

— Je n'ose pas vous le dire.

— Pourquoi ne pas oser? Moi, c'est toi.

— C'est vrai, vous m'avez dit déjà que rien ne vous étonne, que vous avez éprouvé tout ce que j'éprouve, et que je puis vous laisser lire en moi comme dans un livre.

— Absolument. Voyons? Tiens le livre bien ouvert, et lisons ensemble. »

Mme de Mély accompagnait ces paroles d'un sourire si bon que la jeune fille n'hésita plus.

« Vous allez lire, ma petite maman, dit-elle avec un reste d'enfantillage. Je pensais ces temps-ci, et tout à l'heure encore, que, avec mon caractère, il me sera très-difficile d'être heureuse.

— Eh bien, si ton caractère te gêne, il faut le réformer.

— Le bonheur est une chose si rare!

— Le bonheur absolu est non-seulement rare, mais impossible à rencontrer, ou du moins à conserver; pourquoi ne te contenterais-tu pas d'un bonheur relatif? Mais d'où te vient ce doute sur le bonheur?

— De bien des observations que je fais sans en avoir l'air; et aussi de quelques lignes que j'ai lues dans l'histoire du moyen âge.

— Voyons, raconte-moi cela.

— Il est question d'Abdérame, calife puissant qui régnait à Cordoue au dixième siècle, et que l'on a surnommé le Victorieux et le Magnifique. Il forçait les rois de Navarre et de Léon, ses ennemis, à faire la paix, bâtissait des palais féériques, était entouré de gloire, de splendeurs.... Eh bien, maman, savez-vous? Il faisait une espèce de journal, c'est assez drôle pour un calife; il écrivait tout ce qui lui arrivait, tout ce qu'il éprouvait; et, vers la fin de sa vie, quand Abdérame a fait l'addition de ses jours de bonheur, lui que ses sujets avaient cru si heureux, il n'en a pu trouver que quatorze!...

— Parce que, ma chère enfant, le bonheur ne se fait ni avec de l'argent, ni avec de la puissance: il est au dedans de nous.

— Chère maman, jugez donc? Un calife? un calife si grand? que quatorze jours! vrai, ce n'est pas assez!

— Non, il en faudrait au moins quinze, pour faire un compte.

— Vous riez?

— Ce n'est pas défendu. Écoute, tu as sur le bonheur des idées qui ne sont pas tout à fait justes. A ton âge, c'est surtout le langage des faits qui persuade. Si tu veux, nous allons suivre un cours? Qu'en dis-tu?

— Un cours de bonheur?

— Oui, pourquoi pas? La théorie en est fort simple, et je veux te l'enseigner.

— Qu'aurai-je à faire pour ce nouveau cours? Faudra-t-il écrire?

— Non, il faudra regarder. Tu sais que nous allons faire une tournée d'amis; c'est chez eux qu'aura lieu le cours.

— Ah! fort bien. Voyons, maman, faites-moi connaître d'avance les personnes qui vont nous recevoir. Ce sont deux familles, n'est-ce pas? Dans chacune de ces familles, il y a une de vos amies d'enfance? Et chacune de ces amies a éprouvé bien des vicissitudes, comme à l'ordinaire, puisque si peu de gens sont heureux.

— Ma chère amie, tu as fait les demandes et les réponses. J'ajouterai seulement que Delphine et Clara sont restées, au milieu des tracas et des soucis, telles que je les ai connues, c'est-à-dire d'une sérénité habituelle; plutôt portées à une douce gaieté qu'à la tristesse, et surtout fort éloignées de se croire malheureuses. Mais je t'en préviens, le bonheur ne se trouve pas tout fait; chacun, pour s'en servir, doit le façonner à sa mesure, ou à peu près. Ainsi, pas plus dans ces intérieurs que dans le nôtre, tu ne rencontreras ton idéal.

— Mon idéal est si beau!

« Voyons, raconte-moi cela. » (Page 3)

— Trop beau, probablement. Je te parle en professeur, puisque je suis à la tête d'un cours. Écoute bien mes conditions : je te donnerai en partant une boîte pleine de perles, de ces grosses perles avec lesquelles tu te faisais des colliers étant petite ; te les rappelles-tu ?

— Certainement ; vous les avez gardées ?

— Oui, par souvenir. Malgré moi, en te voyant grandir, je regrettais mon bébé, et je gardais ses jeux ; c'est une folie ! Le cœur en a bien d'autres !

— Oh ! mes perles, comme je m'en amusais ! Il y en avait de noires, de rouges, de vertes, de bleues, très-peu de blanches.

— Et les blanches sont si jolies qu'elles imitent les perles fines. Eh bien, je te donnerai cette boîte ; nous causerons cinq minutes tous les soirs, et chaque fois tu me rendras une perle.

— De quelle couleur ?

— Comme tu voudras. Les jours où tu auras senti en toi une impression douce, calme ou joyeuse, ce qu'on traduit vaguement par le mot bonheur, tu me rendras une perle blanche. Est-ce bien convenu ?

— Oui, maman. Quand commence le cours ?

— Après-demain.

— Les jours et les heures ?

— Sept fois par semaine, du matin au soir. »

Deux éclats de rire et deux baisers terminè-
rent l'entretien, et la mère et l'enfant s'endor-
mirent.

CHAPITRE II

Le bonheur en sabots.

Approchons-nous. de ce bosquet; il est huit
heures du matin, le temps est beau, la vieille
jardinière cueille des fraises, et Angèle qui respi-
rait la fraîcheur, tranquillement assise sur un
banc, se lève, attirée par la voix amicale de Gertrude qui a vieilli dans la famille et regarde
Angèle presque comme son enfant.

« Ah! voilà donc que vous prenez l'air, ma
belle demoiselle? j'aime mieux ça que de vous

voir le nez sur vos livres d'étude; c'est si mal-
sain tous ces cours qu'on vous fait suivre, au
lieu de respirer le bon air !

— Cela vous inquiète, ma bonne Gertrude ?

— Oui, j'ai toujours peur que vous ne tombiez
malade à force de ne pas respirer. Je n'aime pas
les cours, moi !

— Je vais pourtant en suivre un nouveau.

— Encore un ? mais ça va vous donner la
fièvre !

— N'ayez pas peur, celui-là ne me fatiguera
pas du tout la tête.

— Allons, tant mieux : la santé, c'est le plus
grand des biens. Dame, on ne peut pas exiger d'une
vieille jardinière qu'elle préfère les sciences à vos
belles couleurs roses. Ah çà, qu'est-ce qu'on va
vous apprendre ?

— A être heureuse. N'est-ce pas quelque chose
d'intéressant qu'un cours de bonheur ?

— Je n'en ai jamais suivi, Gervais non plus ;
et pourtant, certes, nous ne nous trouvons pas
malheureux ! Quand on a du pain sur la planche,
un toit, de quoi se vêtir et se *rechanger* le
dimanche, et puis avec ça le cœur en paix, moi
je trouve que l'on est heureux.

— Il ne vous faut que cela, Gertrude ?

— Pas davantage. Tenez, pas plus tard qu'hier
au soir, Gervais me disait : « Ma pauvre femme,

« Ah çà, qu'est-ce qu'on va vous apprendre? » (Page 10.)

« sommes-nous bien là tous deux, assis sur notre
« banc, le long de la maison, à manger notre soupe!
« Vrai, je ne sais pas pourquoi on dit toujours :
« heureux comme un roi; » je trouve qu'on devrait
« dire: « heureux comme un jardinier! »

— Gervais a peut-être raison.

— Vous devez savoir ça, vous qui apprenez
tout? Les rois sont-ils vraiment bien heureux?

— Il y en a un (on l'appelait calife, mais cela
voulait dire roi dans ce temps et dans ce pays),
il y en a un qui passait pour le plus heureux des
hommes, tant il était riche et puissant; devinez,
Gertrude, combien il a compté de jours de bonheur ?

— Je ne devine jamais; dites voir ?

— Quatorze.

— Ah ben, ce n'est guère! Ce pauvre cher
monsieur! il aurait bien dû se mettre jardinier!
Écoutez, moi je crois, et mon mari aussi, que le
bonheur, c'est comme qui dirait *en dedans* plutôt
qu'en dessus; na, à mon idée, pas vrai ?

— C'est possible, très-possible.

— Vous me direz si j'ai raison quand vous
aurez fini votre cours?

— Je le sais déjà, Gertrude, car maman me
l'a dit. »

Un sourire fin passa sur les traits flétris de la
paysanne. Sans avoir suivi aucun cours, elle

était moins ignorante sur ce point que sa jeune
maîtresse et le sentait bien. Il existait entre ces
deux êtres une longue habitude de se revoir
chaque année, et de vivre l'un près de l'autre.
C'étaient deux cœurs amis ; celui-ci s'éveillait,
celui-là allait s'endormir ; enfance et vieillesse
se touchaient.

Ce jour-là, il y avait du mouvement dans la
maison, et hors de la maison. On allait, on venait,
les serviteurs s'empressaient, on partait demain
pour la tournée d'amis ; ce voyage était un extra.
On aimait son chez soi parce qu'il était beau,
confortable et paisible ; cependant, le projet
était formé depuis si longtemps qu'il fallait le
mettre à exécution.

D'énormes caisses, des cartons, tous les embarras féminins semblaient s'être réunis dans la
chambre de Mme de Mély, et son mari, qui avait
en horreur les caisses, le chemin de fer et les
déplacements, avait déclaré fuir la maison jusqu'à la fermeture des cadenas.

Angèle, malgré son indolence, souriait aux
apprêts, et comptait ses cols et ses manchettes.

« Chère maman, nous allons d'abord à Guîtres?

— Oui ; à Guîtres, près de Libourne ; chez
mon amie Delphine, Mme Albert Dartigues, une
excellente personne.

— Qui a des enfants?

— Des enfants, une belle-mère, un mari, une cousine.

— C'est une véritable tribu ! Comment est-il possible d'être heureuse quand on a affaire à tant de caractères, et qu'on 'vit au milieu de tant de difficultés? Ont-ils du moins une grande fortune ?

— Non ; l'aisance de la province; une maison qui leur appartient, un jardin, quelques mille livres de rente et l'étude de M. Dartigues, qui est un notaire distingué et estimable.

— Pauvre dame, si elle n'a pas une belle fortune, je la plains !

— Tu fais bien, car elle ne se plaint pas.

— Elle n'en a pas le temps, sans doute?

— Tu la jugeras par toi-même. »

Deux ou trois coups de poing dans la porte firent tressaillir Angèle.

C'est papa qui vient nous menacer.

— Je n'ouvre pas, dit gracieusement Mme de Mély, repassez dans une heure.

— Vous n'en finissez pas ; vous ne serez jamais prêtes pour demain matin. Oh ! les femmes ! Ne me parlez pas des femmes !»

Tout en maudissant les femmes, l'heureux époux fit volte-face, et redescendit au jardin, pour se reposer des caisses en regardant l'honnête figure de son vieux jardinier.

Une pomme de reinette, à sa dernière extrémité, ridée, frisée, jaunâtre, tout ce que vous
voudrez, mais toujours reinette, et qui vous fait
dire en allongeant la main : « Oh! la bonne
pomme ! » Voilà ce qu'était la figure de Gervais,
qui entrait dans sa soixante-quinzième année.

Courbé par le travail, il n'en conservait pas
moins, disait Gertrude, une allure de jeune
homme. Ce jardin, il le cultivait au vieux temps
sous les ordres du père de M. de Mély ; il n'y
avait pas un arbuste, pas un arbre même, à part
les vieux ormes et les grands chênes, dont il ne
connût l'acte de naissance. Ses heureux maîtres
lui avaient, tout récemment encore, offert ce
qu'on appelle les invalides: un abri et du
repos.

« Laissez-moi me dire, à moi tout seul, que
je suis toujours le jardinier, avait répondu le
bon vieillard ; donnez-moi des aides, mais ne me
remplacez pas ! »

Il restait donc où il avait vécu, plantait ses
choux, faisait des boutures, greffait les arbres.
Il avait la spécialité de rajeunir les vieux poiriers,
en leur inoculant une séve nouvelle, au moyen
de bourgeons étrangers et pleins de force, qu'il
collait aux branches, coupées à quelques centimètres du tronc. C'était un beau travail, quelque chose qui ressemblait à une création, ou

plutôt à une résurrection. Gertrude en était fière, et elle avait raison, assurément.

M. de Mély passait de bonnes heures avec le paisible Gervais, dont l'expérience lui était utile, car lui-même aimait le jardinage, et s'en faisait une distraction.

Cette fois, il abréga la séance dans l'intérêt du départ; et ayant pour principe que les femmes n'en finissent jamais, il monta à la hâte pour lancer cet axiome à travers la porte. On lui prouva qu'il partait d'un faux principe, car les caisses étaient fermées; et Mme de Mély, traitant de puissance à puissance, assura qu'elle n'en rouvrirait pas une pour y glisser une cravate préférée que monsieur prétendait emporter, bien qu'il en eût tant d'autres. On le força d'avouer qu'on était en avance, et qu'on s'entendait à faire les caisses. Moyennant ces préliminaires, les hostilités ne continuèrent pas, et l'on glissa la cravate en son lieu.

Le soir venu, on se coucha pour attendre le point du jour, moment favorable au sommeil, mais qu'il fallait consacrer aux horreurs de cette inévitable presse que cause tout départ. On est prêt, on le dit, on le croit; cependant que de choses se révèlent à la dernière heure! Qui n'a jamais rien oublié n'est jamais parti; et qui n'a pas perdu son sang-froid cinq minutes avant de partir n'est

pas Français. Le vrai Français gronde sa femme,
presse ses enfants, s'agite sur place, regarde sa
montre, la remet dans son gousset, puis l'en retire, laisse tomber sa canne, oublie ses gants,
marche sur la queue du chat et manque de tomber dans l'escalier. C'est pourquoi nos phlegma-
tiques voisins d'outre-Manche nous représentent
perdant haleine et parapluie, nous dépêchant
sans mesure, oubliant tout et manquant le
train.

Bah! chacun a les défauts de ses qualités; ne
nous plaignons pas trop, et laissons rire Albion.

Comme nous l'avions annoncé, au point du
jour il y eut une secousse générale, suivie d'une
heure de presse indescriptible, et nos trois amis
montèrent en wagon pour aller chez Delphine.

CHAPITRE III

Chez Delphine.

Rien de gracieux comme une arrivée chez des
amis qui nous attendent et se font une fête de
nous recevoir.

La famille de Mély entra dans la jolie petite
ville de Guîtres par un radieux soleil qui revê-
tait de lumière les murs, les toits et jusques aux
figures; car vraiment on a l'air plus aimable
quand il fait beau que quand il pleut.

Mme Albert Dartigues était venue au-devant
des voyageurs, et les deux femmes, qui ne s'é-

taient pas vues depuis dix ans, so reprenaient où elles s'étaient laissées, aussi à l'aise mutuellement que si elles eussent eu passé ces dix années ensemble. C'est le privilége des amitiés formées sur les bancs, dans l'éducation en commun.

Mme Albert était une de ces femmes dont le visage, plus affable que beau, respire la bonhomie, qu'on croit connaître à première vue, qu'on aime sans s'en douter.

Angèle regardait le tableau qu'elle avait sous les yeux : l'amitié fidèle retrouvant ses droits, après une longue séparation. Cependant, il faut avouer qu'elle était moins frappée de cette grande chose que de forts petits détails. Mme Albert n'était ni jolie ni élégante de manières, ni mise à la dernière mode. Oh! il s'en fallait de beaucoup! Entourée d'un cercle intime, peu soucieux de l'extérieur, la mère de famille se négligeait un peu; une exacte propreté, voilà tout. Elle était vêtue, mais nullement parée. C'était, de la tête aux pieds, l'apparence d'une femme qui ne compte pas, qui est là pour d'autres, et ne se regarde plus que dans les yeux bienveillants de ceux qui l'aiment. Telle était la bonne Delphine.

On entra dans une maison de forme assez laide et d'architecture vulgaire, en dépit de ses panonceaux.

Une porte basse et cintrée ouvrant sur un large

corridor; à droite, une énorme salle, servant de résidence à la famille et cumulant les titres de salon, salle à manger, billard et bibliothèque. Juste en face, une grande cuisine assez enfumée laissant s'évaporer les parfums les plus classiques. Au fond du corridor et en tournant à gauche, l'étude du notaire. En tournant à droite, la porte du jardin et l'escalier large, mais demi-obscur, qui menait aux chambres.

Angèle se trouva toute dépaysée, car elle n'avait encore vu rien que de beau, de grand, de confortable, et pensait qu'on ne peut vivre heureux que dans les conditions d'un bien-être absolu.

Si les idées préconçues n'eussent été en elle si arrêtées, elle eût pu changer promptement d'avis, car toutes ces figures apparaissant par les issues n'avaient certes rien d'alarmant, à commencer par l'honnête Claudine, qui vint ouvrir, après avoir eu soin de fourrer dans sa ceinture, et du côté gauche, le coin droit de son tablier de cuisine.

Point de valet de chambre; Angèle fut étonnée. Claudine pour unique ménagère; puis une jeune bonne, au visage en pleine lune, aux mains rouges, qui tenait dans ses bras le plus jeune des petits héritiers.

La porte de la grande salle était entre-bâillée; Mme Albert la poussa, et sa belle-mère se leva pour recevoir ses hôtes. C'était une femme âgée, d'une taille remarquable, qui avait été belle, d'une beauté masculine et impérieuse. Elle était extrêmement distinguée de langage, de tournure et de mouvements. La faiblesse de ses yeux la condamnait à l'inaction, et la patience lui manquant pour une si lourde épreuve, son caractère s'était assombri; on la craignait peut-être plus qu'on ne l'aimait. Avec les étrangers, Mme Dartigues mère était aimable; ayant avant tout besoin de distractions, elle espérait en trouver dans les arrivants.

Une autre personne attira l'attention caustique d'Angèle.

« Entre donc, Seconde, dit gaiement M. Dartigues, après avoir salué ses amis; pourquoi te sauves-tu? Ce n'est pas le moment. »

Les regards se portèrent sur une toute petite femme, sans âge, sans tournure et sans physionomie, une de ces personnes dont on ne parle pas, si ce n'est pour se demander à quoi elles servent.

Son nom surprit Angèle; on lui apprit qu'on le donne fréquemment, dans cette partie de la France, à la seconde fille, comme le nom d'Octave au huitième enfant.

Mlle Seconde était la cousine germaine de M. Dartigues. Son enfance avait été maladive, son

Mme Dartigues, mère.

éducation négligée, sa petite fortune mal admi-
nistrée ; elle se trouvait seule, et ayant plus que
personne besoin de vivre sous la protection de sa
famille. C'est à cause de tout cela que Mme Albert avait eu la générosité de proposer à son
mari, et à sa belle-mère, de prendre sous leur
toit cette vieille enfant de cinquante-six ans.

En la voyant pour la première fois, on ne savait
pas trop comment on la trouvait ; on ne la trouvait pas ; on la cherchait sans la comprendre.
Aussi gauche qu'une paysanne, elle cognait toujours quelque meuble en saluant ; sa langue en
ces occasions s'immobilisait, et comme ses grands
yeux pâles n'avaient jamais rien dit, le silence
était complet.

Mme de Mély, croyant la mettre à l'aise, alla
lui serrer la main en lui souhaitant le bonjour.
La pauvre Seconde, toute décontenancée, lui
répondit en culbutant une chaise :

« Oui, madame. »

Angèle regardait la cousine avec un étonnement croissant ; mais elle se laissa distraire de
ce point ennuyeux par l'accueil le plus cordial.
Personne ne pouvait être, dans l'intimité, plus
aimable et plus gai que M. Dartigues ; on se
croyait chez soi quand on était chez lui, tant il
avait conservé la simplicité de bon ton de nos
pères.

A chaque instant, la porte s'ouvrait pour laisser passer une tête, rien qu'une tête, jamais de jambes. On regardait et l'on s'enfuyait.

« Entrez donc, mes enfants, entrez et fermez-nous la porte. Venez présenter vos hommages à M. et Mme de Mély, et saluer Mlle Angèle. »

Gonzague entra, c'était le chef de file; un gros lourdaud de sept ans, bien carré, bien solide, bien farceur; ce qu'il faut pour faire enrager une maison et ses dépendances; d'ailleurs excellent enfant.

Le chef de file amenait à sa suite Rosa, une aimable blonde de six ans tout au plus, naïve et simple comme une fleur des champs, ne sachant faire aucune de ces minauderies qu'on trouve dans une foule de petites filles. Elle ne jouait pas la femme par anticipation; elle jouait l'enfant; rôle délicieux!

Après Rosa, venait un vrai poupon, le petit Xavier, demandant protection à tout le monde, et aux chaises, pour marcher droit. Toujours riant et bavardant, pour le plaisir de sa famille, car les étrangers ne savaient pas traduire.

« En voilà trois, dit M. de Mély en les embrassant; où sont les autres?

— Vous avez vu le dernier dans les bras de sa bonne. Notre François est au collège à Bordeaux, et notre fille aînée va rentrer dans cinq minutes elle devrait être ici, mais une de nos tantes, qui s'occupe des pauvres, nous l'a demandée pour faire une tournée de charité.

— Si jeune, dit M. de Mély, et déjà initiée aux œuvres de charité?

— Mon cher ami, Éline passe son temps à faire du bien et à faire plaisir. Ah! vous ne connaissez pas ma fille! Elle vaut son pesant d'or. »

Un éclat de rire suivit cette appréciation, car le bon père, sur un regard de sa femme, voulut tourner la chose en plaisanterie; mais il n'était plus temps. M. de Mély avait laissé échapper un soupir contenu; Angèle s'était mordu les lèvres d'un air blessé, et Mme Albert s'était hâtée de répliquer :

« Mais toutes nos filles valent leur pesant d'or; et comme c'est nous qui les pesons, nous seuls aussi apprécions leur valeur. Mlle Angèle, accoutumée à Paris et à une belle campagne, n'est-elle pas effrayée de passer un mois dans notre petite ville?

— Vas-tu l'appeler mademoiselle? Oh! ma bonne Delphine, il y aurait de quoi rire!

— Tu as raison. Eh bien, ma chère Angèle, vous n'êtes pas trop effrayée?

— Non madame. »

La nature sèche de la jeune fille ne trouva pas un mot gracieux à dire aux amis de ses parents.

Voulant rompre la glace, Mme Albert proposa aux voyageurs de monter dans leur chambres pour se débarrasser des chapeaux, et se préparer au dîner qu'on avait *retardé*, dit-elle, jusqu'à trois heures, car on dînait ordinairement à deux heures et demie.

Angèle croyait être entrée dans la lune.

« Gonzague, passe devant; tu montreras le chemin à ces dames. »

Gonzague ne se le fit pas dire deux fois. On monta. Pas de tapis dans l'escalier, bien entendu; d'un côté, une rampe commune; de l'autre, une corde passant par de gros pitons scellés dans le mur. Angèle vit des carreaux au lieu de parquet, jusque dans la chambre qu'allaient occuper ses parents. Elle trouva pour elle, dans un grand cabinet à gauche de l'alcove de sa mère, un vrai lit de pensionnaire, une petite commode et deux chaises. Le miroir, haut de quarante centimètres, était un peu fendu dans le bas. Du reste, des draps et des rideaux d'une blancheur éclatante; les murailles, non tapissées, mais propres, et ornées de deux ou trois gravures assez fines.

La grande chambre, destinée aux amis par ces cœurs vraiment hospitaliers, n'était pas riche en meubles; mais on y avait le nécessaire. Quant au superflu, on ne s'en doutait pas. Cependant, l'aimable Éline avait brodé, dans ses soirées d'hiver, deux jolis voiles de fauteuil pour la chambre d'amis, et c'étaient M. et Mme de Mély qui en avaient la fraîcheur.

Angèle se tournait et se retournait dans cette grande chambre.

« Maman, dit-elle tout bas, quoiqu'il n'y eût personnne, que tout est pauvre ici! »

— Non, ma fille, pas aux yeux des propriétaires; leurs habitudes sont celles de leurs parents, même un peu modifiées par le progrès matériel de l'époque. Ce que tu appelles pauvreté, eux l'appellent simplicité, et si tu....

Un énorme *patatras* vint achever la phrase. C'était Gonzague qui, voulant descendre, et ayant mal enfourché la première marche, arrivait à la dernière en tournant sur lui-même comme un toton. Le mouvement accéléré était tel que le petit garçon ne criait point, trop étonné lui-même de ce qu'il faisait sans se donner de peine.

Mme de Mély, par un sentiment instinctif, s'élança à sa suite; mais, se gardant d'employer le même procédé, elle laissait entre le secours et l'accident une raisonnable distance, et se bornait aux encouragements:

« Ce ne sera rien, mon petit, n'aie pas peur, ce ne sera rien. »

Gonzague, parvenu à destination, trouva que c'était quelque chose, et se frotta de tous les côtés à la fois; mais sans crier, tant il avait peur de voir accourir son père apportant cette phrase toute faite:

« Tu es tombé? c'est bien fait. On t'a déjà dit cent fois de faire attention ! »

C'était le prologue journalier de M. Dartigues qui ne pouvait commencer autrement aucune de ses admonestations à son remuant fils. Celui-ci, bon cheval de trompette pourtant, ne supportait pas d'entendre dire *c'est bien fait* quand il se frottait du haut en bas. Gonzague avait si bien habitué son monde à ses dégringolades, qu'on y donnait peu d'attention. Maladroit par nature, imprudent par caractère, entêté par choix, il ne faisait que des sottises, c'était admis.

Mme de Mély, qui débarquait, témoigna la plus tendre compassion au petit frotteur, le frotta elle-même, et fut aimée de lui à l'instant, rien que pour cela.

En remontant dans sa chambre, elle répara le désordre de toilette qu'entraîne le voyage, et para sa fille de ces riens qui, à cet âge, donnent un air de fête: un nœud de ruban, une broderie, moins encore. Mme de Mély, concentrant son affection sur cette fille unique, voulait qu'au premier repas de famille on la trouvât bien.

C'est pourquoi elle recoiffa Angèle à la hâte et fit valoir sa chevelure.

On redescendit dans la grande salle. Le fond de cette unique pièce du rez-de-chaussée, destinée à la famille, faisait l'office de salle à manger. Un beau buffet de noyer, parfaitement entretenu et surmonté d'une étagère que surchargeaient la vaisselle et la verrerie, attestait la destination de cette partie, éclairée par une large fenêtre et donnant sur le jardin.

Le couvert se trouvait mis, non sur un tapis de Turquie comme au temps du bon la Fontaine, mais sur une belle table de noyer, assez grande pour que quinze personnes pussent y dîner sans se toucher les coudes. La nappe et les serviettes étaient de grosse toile, filée jadis par la grand'-mère de M. Dartigues, et transmise avec respect aux générations suivantes. On avait beaucoup de linge, et comme on ne faisait la lessive que trois fois par an, ce linge de famille était d'abord essangé, puis lavé, sans jamais sortir de la maison. C'était la gloire des maîtresses et des servantes de le voir sécher sur les haies du jardin.

L'argenterie ne manquait pas non plus; mais d'inégale grandeur, et bossuée de longue date. L'idée ne venait à personne de s'en plaindre ou de souhaiter autre chose. On disait: « c'est l'argenterie de la famille » et tout finissait là.

Du reste, aucune élégance, ni même aucun
confort dans le service. Claudine travaillait ferme,
mais n'entendait rien aux formes ; elle avait
appris à servir comme *chez nous*, et son esprit
ne se prêtait point aux innovations. Toutes les
assiettes étaient écornées plus ou moins ; une
grosse dame-jeanne contenait du vin pour tout le
repas ; des couteaux assez communs et coupant
mal ; un saladier à fleurs, d'une grandeur mons-
trueuse ; une large soupière, couverte d'un plat
parce que le couvercle était cassé.

Angèle ne se lassait pas de regarder ces nou-
veautés qui ne lui plaisaient pas, à elle, élégante
citadine quand elle n'était pas gentille châte-
laine.

On allait se mettre à table, trois heures son-
naient ; Éline n'était pas rentrée, au grand étonnement de tous. Enfin, on entendit frapper deux
petits coups secs ; c'était elle que sa tante rame-
nait en hâte, sans se donner le temps d'entrer
et de s'expliquer, car on devait être inquiet aussi
chez elle.

Avant tout, M. Dartigues présenta sa fille à
Mme de Mély qui l'embrassa bien amicalement.
M. de Mély la salua, et Angèle, froide et con-
trainte, mit sa main dans celle qu'on lui tendait.

Mlle Dartigues s'excusa respectueusement auprès de sa grand'mère, de ses parents et des

étrangers. Elle regrettait de s'être mise si fort en retard, disait-elle, mais les circonstances l'avaient entraînée. Comme on savait qu'elle ne se laissait entraîner que par l'amour du bien, on accepta ses excuses, et l'on prit place à table : Éline auprès d'Angèle pour faire connaissance.

Les arrivants purent constater que la simplicité, un peu primitive, des Dartigues n'excluait pas l'abondance. Aucune recherche, mais des plats démesurément larges, et des appétits aussi largement ouverts. Mme de Mély n'en revenait pas ; et il semblait à Angèle que manger si bien ne devait pas être de très-bon genre.

Bon genre ou non, tout ce monde se portait bien ; et à mesure que le pain de huit livres diminuait, et que la dame-jeanne baissait, les figures qui encadraient la table devenaient rieuses. Au dessert, il fut convenu qu'on se connaissait de tout temps, et qu'on s'aimait beaucoup.

Angèle seule restait à part. Elle n'était pas d'une nature expansive, et ce jour-là moins que jamais. La présence d'Éline la gênait ; elle se sentait une enfant, et une enfant bien peu raisonnable devant Mlle Dartigues.

Cependant, les jeunes filles se mirent à causer, et, tout naturellement, la conversation tomba sur la cause du retard d'Éline.

« Si vous saviez comme j'ai besoin d'être par-
donnée! Je suis vraiment confuse d'avoir man-
qué l'heure de votre arrivée; mais j'étais en
présence de quelque chose de si émouvant.

— Quoi donc?» demanda Angèle sans la moindre émotion.

Au moment même, Gonzague donna, sans le
faire exprès, un bon coup de coude à sa petite
sœur; et comme celle-ci tenait son verre plein,
le contenant s'en alla sous la table se mettre en
pièces, et le contenu resta sur la nappe qu'avait
filée l'aïeule. Désastre achevé!

Une bonne claque fut d'abord appliquée à
Gonzague. M. Dartigues en pareille circonstance
n'y tenait pas; tout commençait ou finissait par
là. C'était un homme excellent, mais prompt
comme l'éclair; et sa femme tenait un registre
des claques qu'il avait données, puis regrettées,
convenant que rien n'était plus inutile. A cette
dernière, ni lui ni Gonzague ne firent grande
attention; une de plus, une de moins, cela ne
changeait rien au régime.

Quand on eut fini de parler des maladresses
du petit bonhomme, en abrégeant, Éline et Angèle reprirent l'entretien où il en était.

« Imaginez que, à trois cents pas de nous,
dans un chemin désert, au bout duquel est la
campagne, se trouve une maison absolument

ruinée. Quatre murailles dont les pierres se dis-
joignent; des fenêtres qui ne ferment plus et
dont les vitres sont remplacées par du papier;
une porte délabrée; deux misérables chambres
ressemblant à deux écuries. Eh bien, dans cette
masure, un homme, deux jeunes enfants et un
troisième que sa mère nourrit encore ont em-
ménagé il y a six mois.

— Pauvres gens !

— C'est à ne pas y croire! On dit que chassés
de village en village, parce qu'ils ne pouvaient
payer leur loyer, ils ont trouvé notre petite ville
sur leur chemin, et ont obtenu facilement la per-
mission de se réfugier là, à condition qu'ils feraient eux-mêmes les réparations indispensables. Hélas ! pourront-ils jamais, dans leur misère, faire même le peu qui semble nécessaire à
la solidité de la maison?

— Comment ! il y a des familles si malheureuses?

— Oh oui ! Je vous assure qu'on se trouve lo-
gés et nourris comme des princes quand on voit
cela de près! Si vous aviez assisté comme moi à
cet emménagement! Tout s'est fait au moyen de
deux brouettes d'emprunt. Les petits garçons
portaient des paquets de vieilles hardes, le père
poussait devant lui une des brouettes, chargée
d'un bois de lit, d'une table vermoulue et de

deux chaises misérables. La femme avait installé de son mieux son nourrisson sur un tas de vieux linge dans la seconde brouette: autour de l'enfant, on voyait la marmite et quelques poteries de cuisine.

— Comment se fait-il qu'on arrive à une si affreuse misère, demanda Angèle, plus positive qu'Éline, et cherchant la cause sans s'arrêter d'abord au fait; comment cela se fait-il? Ce doit être leur faute?

— Peut-être leur manque-t-il, ainsi qu'il arrive souvent, l'intelligence, le savoir-faire. On dit que le mari a peu de santé et que la femme n'a pas beaucoup de courage; mais que la cause soit ceci ou cela, la vérité est qu'eux et leurs pauvres petits enfants sont sans ressource, et qu'il faut les aider; c'est bien votre avis?

— Assurément, répondit Angèle, dont le cœur, accoutumé à un calme voisin de l'égoïsme, n'en était pas cependant à analyser les chances du profit des aumônes pour conclure à l'abandon.

— Nous ferons ce que nous pourrons.

— Il doit falloir des sommes énormes?

— Non, beaucoup d'argent n'est pas nécessaire pour retirer une famille de la dernière misère. Il faut des dons en nature, du temps, de la prévoyance, et surtout se mêler en personne de

bien des détails, auxquels n'entendent souvent
rien ces têtes sans culture.

— Tant de difficultés ne vous découragent
pas?

— Oh non! Ils ne sont que trop découragés
eux-mêmes! Nous allons tâcher de les relever,
de leur persuader qu'ils peuvent encore réussir,
de leur trouver un peu d'ouvrage.

Le père travaille *de toute main;* cela signifie
faire un peu de tout, et l'on arrive à gagner
facilement du pain; mais la faiblesse de santé
est un obstacle sérieux.

En attendant, ces pauvres gens couchent sur
une simple paillasse, posée sur le bois de lit, et
j'ai vu, le pourriez-vous croire? j'ai vu les deux
petits garçons dormant tout près l'un de l'autre,
dans une caisse pleine de paille, que la misère, et
peut-être aussi la négligence, empêche de renou-
veler souvent, comme on renouvelle la litière
des animaux domestiques. Oh! les pauvres petits! Ils m'ont fendu le cœur!... Et quand ils
mangent, ils sont toujours debout, faute de chaises pour s'asseoir à la misérable table de famille. Oh! que c'est triste de voir ainsi traités
deux enfants du bon Dieu!»

Une larme voila les yeux de Mlle Dartigues. Il
y avait dans sa parole un pur enthousiasme absolument inconnu à Angèle, et qui était l'enva-

hissement de ce sentiment fort et constant que
les chrétiens appellent charité.

On se levait de table. Les jeunes filles se mê-
lèrent à la société; on avait réellement fait connaissance et tout le monde paraissait à l'aise,
excepté Mlle Seconde. Quand on voulait lier conversation avec elle, on ne parvenait à lui faire
placer que deux ou trois adverbes; puis il fallait faire de nouveaux frais, pour arriver à deux
ou trois interjections : « Oui, non, vraiment !
Ah ! Bon ! Hélas ! » Tout en restait là; cependant, quand le narrateur poursuivait, il obtenait
encore : « Moi aussi, » ou bien : « Vous avez
raison. »

Mme de Mély, extrêmement polie, avait entre-
pris d'être aimable pour la timide et simple
Seconde. Elle épuisa dès le début dix sujets de
conversation, et arriva au desséchement de son
propre cerveau.

Son mari, aussi poli, mais moins patient, s'é-
tait démonté au premier essai; et Angèle n'a-
vait pas même tenté l'entreprise.

Bonne demoiselle Seconde ! pas méchante, oh !
pas du tout ! mais ennuyeuse à n'en plus finir.
Sa timidité, devenue de la sottise à mesure que
ses cheveux grisonnaient, ne le cédait qu'à la
peur qui, depuis son jeune âge, allant *cres-
cendo*, peuplait pour elle la terre de fantômes.

Son imagination, si nulle sur tout autre cha-
pitre, atteignait sur celui-ci les limites du
connu.

Trois sujets d'épouvante également féconds en
péripéties : l'incendie, les voleurs et la révolution.

Comme ces trois fléaux sont toujours pen-
dants, on risquerait de devenir fou si l'on ne
préférait s'en distraire; Mlle Seconde prétendait
s'en occuper constamment. De là, tension inévitable de tous les nerfs qui s'entendent si bien
pour nous empêcher de dormir. On assurait que
l'hiver, après avoir éteint son feu, jeté de l'eau
sur les bûches et croisé pelle et pincettes devant
l'âtre, elle rêvait encore incendie, et se relevait la
nuit pour surveiller les cendres de son foyer, si
bien endormi! Les mauvaises langues racontaient qu'elle avait quelquefois peur de devenir
somnambule et de mettre elle-même le feu à la
maison.

Jamais ne cessait la tourmente. Toutes les histoires de voleurs, depuis Ali-Baba jusqu'à nos
jours, s'étaient logées dans sa mémoire; elle
n'en oubliait pas une, et les récitait avec un talent réservé à cet unique emploi.

M. Dartigues, qui plaisantait toujours en famille pour se reposer du sérieux de son étude,
ne pouvait croire aux peurs de sa cousine, et en

riait ostensiblement, ce qui désolait la pauvre
Seconde.

Quant à la révolution, hydre à sept têtes qui
n'a pas encore rencontré son Hercule, notre peureuse déclarait lui préférer voleurs et incendies.
En juillet, se trouvant à Paris, elle était tombée
malade; en février, elle avait cru mourir; en
juin, elle était presque morte. Depuis, elle l'eût
été plusieurs fois, si les cousins Dartigues ne
lui avaient dit : « Venez vivre sous notre toit. »
Elle avait donc vécu à Guîtres parmi nos soubre-
sauts; mais vécu bien juste, se consumant d'in-
quiétudes, ruminant la dernière catastrophe,
prévoyant la suivante et flairant d'une lieue
toutes les peurs que son journal comptait lui
faire. Ainsi façonnée pour souffrir, la demoiselle
ne trouvait personne à son point, et quand on
voulait lui faire espérer que les choses s'arran-
geraient peut-être, elle se fâchait pour tout de
bon.

Mme Dartigues mère ne sentait aucune sympathie pour ce caractère de petite fille, se pro-
longeant jusqu'au bout de la carrière. Elle mé-
prisait en bloc les terreurs passées, présentes et
à venir de sa nièce, et n'y donnait pas la plus
légère attention.

Mme Albert avait pitié de la poltronne, bien
que sa nature, à elle, fût énergique, et qu'elle

se fût fait une loi d'aller au fond des choses, au
lieu de trembler en les regardant de loin. Mais
qui donc était l'ange gardien de la pauvre fille ?
C'était Éline, dont la jeunesse ne s'effrayait pas
d'une infirmité de l'esprit. Elle cherchait à prévenir les peurs de sa cousine, et, sous un pré-
texte aimable, elle la suivait en mille circonstances réputées dangereuses, et qui ne l'étaient
point.

Angèle apprit avec étonnement qu'Éline se dé-
vouait, non-seulement à sa grand'mère, à ses
jeunes frères et sœur, mais encore à cette parente,
qui aurait dû être pour elle un Mentor.

Plus notre voyageuse découvrait de qualités
dans sa compagne, plus elle était naturellement
portée à l'estimer ; mais plus aussi le sentiment
de sa propre infériorité lui causait une sorte de
gêne.

Voir ces deux enfants se lier comme des sœurs,
c'était tout le désir de Mme de Mély ; néanmoins,
on était depuis plusieurs jours sous le toit des
Darligues, et la pauvre mère, causant un soir
avec sa fille, ne voyait aucun changement dans
les dispositions de cette chère enfant.

« Es-tu revenue de tes préventions, Angèle ?
Penses-tu encore qu'on ne puisse être heureux
dans la vie simple et monotone d'une petite
ville ?

— En effet, je vois, maman, qu'on mène ici une existence facile. Éline paraît contente, mais nous nous ressemblons si peu! A sa place, je m'ennuierais et je me trouverais malheureuse.

— Parce que tu regardes comme des corvées ce qui n'est pour elle que partie nécessaire d'un ensemble qui, au fait, a plus de bon que de mauvais.

— Que voulez-vous? Éline a un caractère heureux, et j'ai un caractère malheureux, voilà tout.

— Allons, il est tard, donne-moi une perle.

— En voici une, pareille aux précédentes. »
La perle était bleue.

CHAPITRE IV

La femme murée.

Quand on a chez soi des amis pour quelques semaines, on tâche de les distraire; c'est ce que firent les Dartigues.

Bien que ce fût un gros embarras que de transporter la *smala* quelque part, il fut convenu qu'on irait tous ensemble passer un dimanche chez de bons parents, qui habitaient la campagne à deux lieues de Guîtres.

Quelle fête! On s'y prépara pendant trois jours, et Gonzague fit plus de vingt culbutes sans le savoir, tant il était préoccupé. L'heureux moment venu, on se partagea en deux bandes et l'on monta dans deux voitures rustiques, gracieusement envoyées à Guîtres par M. et Mme Delangle, les aimables hôtes des champs.

Tout le monde était content, même Claudine, à qui l'on avait donné pour tout un jour sa liberté. Une personne manquait, il est vrai, à l'appel : c'était la fameuse cousine aux inconvénients, comme l'appelait M. Dartigues; cependant on devait la prendre en passant devant l'église, ainsi qu'elle l'avait demandé, et l'on fut étonné de ne pas la trouver au rendez-vous, elle si exacte; elle toujours en avance, comme les gens qui tremblent sans cesse.

M. Dartigues, qui conduisait la seconde voiture, chercha de tous côtés la pauvre Seconde, et finit par penser qu'elle avait pris les devants et qu'elle était montée dans la première. Cette supposition était acceptable, tout le monde ayant quitté la maison, même les deux domestiques, et M. Dartigues ayant la clef dans sa poche.

On arrive à la campagne, pure campagne. Aucun autre luxe que celui de la nature : air vif, paysage agreste, de l'espace et de la gaieté.

On disait avec raison que chez les Delangle

tout était élastique. Le peu de prétention des maîtres et le peu d'importance qu'ils donnaient aux détails rendaient en effet possible ce qui semblait ne l'être pas. La maison qu'habitait le ménage, avec quatre serviteurs nés dans le pays, contenait quantité de chambres, presque aussi laides les unes que les autres, mais commodes. On avait dans le lieu même tant de ressources, qu'on ne se fût pas effrayé d'une surprise à l'heure du dîner. Bien que rien ne brillât au dehors, on faisait face à tout, et la plus agréable aisance jetait sur cet ensemble primitif un air de grandeur champêtre qui rappelait les scènes de l'Odyssée.

Dans un grand pré erraient trois chevaux, les jambes entravées selon l'usage de ces contrées, trois chevaux peu estimés, peu soignés; l'air, une demi-liberté, de l'herbe à volonté, de l'avoine avant et après le travail, voilà le peu qu'ils demandaient, et s'ils n'avaient point les jambes fines et la crinière bien peignée, on les trouvait prêts chaque fois qu'on en avait besoin. Quand on les appelait, ils faisaient mine de ne pas venir; mais finissaient toujours par laisser le vigoureux Bertrand attraper la longe pendante et les atteler à quelque carriole assez laide et roulant bien.

C'était la façon des Delangle : sacrifier la forme au fond, quand on ne pouvait avoir les deux.

Leur bonheur était d'aller chez leurs amis et de les recevoir. On arrivait gaîment, voyant qu'on ne gênait point; tout se faisait aisément, grâce à la suppression des raffinements que nous avons trouvé moyen d'introduire en tout, même en amitié.

On peut juger de l'étonnement de la dernière voiture en apprenant que la première n'avait pas amené Mlle Seconde. Le cousin Dartigues, qui avait sur la conscience de se moquer d'elle d'un hiver à l'autre, l'aimait bien, au fond. Il se creusa la tête pour inventer une cause à cette absence; chacun l'aidait, et, de supposition en supposition, on n'arrivait qu'à se dire : « Où peut-elle être? »

Une voiture publique, venant de Libourne, passait tous les jours vers deux heures; on imagina que la gênante cousine en aurait profité comme dernière ressource. En conséquence, toute la société se dirigea vers la grand'route; voilà la diligence,... pas de cousine!

Alors l'inquiétude devint réelle. Un marchand forain s'en allait, au pas d'un bon cheval, à Guîtres; M. Dartigues l'arrêta au passage, et monta dans son léger cabriolet, refaisant le chemin en compagnie du brave homme qui aimait à causer.

« Vous êtes de Guîtres, monsieur?

— Oui.

— Ah! il paraît qu'il y a aujourd'hui une fameuse émotion dans votre ville.

— Allons donc! Il n'y a pas trois heures que
je l'ai laissée dans un calme profond.

— Ah! Il ne faut qu'un instant.

— Qu'est-il arrivé? le savez-vous?

— Pas trop. On dit tant de choses! Et puis,
ça m'est revenu en faisant la ronde, et les récits
s'allongent en tournant.

— C'est vrai; mais enfin, que dit-on?

— Ah! c'est une bonne femme qui vend des
prunes, le long de la route....

— Et qui débite aussi des nouvelles ?

— Oui, souvent pas meilleures que ses prunes. Elle prétend qu'un bruit court dans le pays,
un bruit sinistre....

— Un crime?

— Oui, monsieur.

— Un coup de pistolet?

— Ah ben oui!

— Un coup de couteau?

— Ce n'est rien que ça !

— Vous trouvez?

— Monsieur, on aurait découvert à Guîtres
une malheureuse femme qui aurait été renfer-
mée dix ans, selon les uns, vingt ans selon les
autres....

— Dans une petite ville où tout le monde se connaît? Quelle plaisanterie !

— Ça me paraît bien un peu drôle. La chose aurait été ébruitée par deux enfants qui, passant par un chemin désert, auraient entendu des soupirs, des sanglots....

— Quelle histoire !

— Ne m'en parlez pas. Il y aurait de quoi faire dresser les cheveux sur la tête si c'était vrai; mais on en dit si long que je ne peux pas y croire. La malheureuse aurait oublié sa langue maternelle, et ne s'exprimerait plus que par des signes, et des sons de la gorge....

— Bah !

— Ses ongles auraient atteint la longueur de sept centimètres !

— C'est un conte bleu !

— Je ne sais pas s'il est bleu. Le pire de tout, c'est que la marchande de prunes assure que les misérables qui auraient ainsi enseveli toute vivante cette créature, sont précisément les gens les plus estimés de la ville.

— Dans quel but?

— Un héritage, à ce qu'on dit. Il y a un notaire qui figure là dedans. »

M. Dartigues laissa échapper un éclat de rire qu'il retenait depuis longtemps, et dit à

conducteur, en lui présentant de face toute la
largeur de sa poitrine :

« Mon brave, il n'y a qu'un notaire à Guîtres,
c'est moi. Trouvez-vous que j'aie une figure à
faire pousser des ongles à la longueur de sept
centimètres ?

— Ma foi non ! Là, vrai, tant pis pour les
prunes ; mais je ne crois plus un mot de l'histoire.

— Écoutez, vous courez le monde, vous devez
le connaître. On se plaît aux cancans, et sur un
rien on bâtit un échafaudage. Les hommes aiment le merveilleux....

— Et les femmes, donc ! Et surtout les mar-
chandes de prunes !

— Quand aurait-on découvert l'odieux complot formé par cette famille estimable ?

— Aujourd'hui, monsieur, il y a quelques heures ; le temps de vendre trois quarterons de
prunes.

— C'est cela ; à chaque quarteron, une nouvelle circonstance s'ajoutait.

— Faut croire. Et encore, je ne vous ai pas
tout dit. '

— Qu'y a-t-il de plus ? Un souterrain ? Des
chaînes ?

— Pire. La gendarmerie se serait transportée
sur le lieu même, et les autorités ayant fait en-

foncer la porte de la maison, pendant l'absence
de toute la famille et des serviteurs, on aurait
été obligé de faire abattre un mur....

— Un mur?

— Oui, monsieur, la malheureuse femme aurait été jadis murée par ces gueux-là, sauf cinq
centimètres carrés pour passer le pain et l'eau! »

Cette fois, il y eut deux éclats de rire; et celui
du marchand forain, qui dura longtemps, ayant
rencontré en chemin une énorme butte, se dou-
bla d'un écho dont le bruit fut encore prolongé
par un bouquet de bois; le cheval en était décon-
tenancé; il fallut le rappeler à lui-même par
quelques paroles amicales, dont l'homme et la
bête avaient l'habitude.

M. Dartigues, tout en plaisantant sur le can-
can du jour qui était devenu monstrueux, n'en
était pas moins tourmenté secrètement. Le dicton : *Il n'y a pas de fumée sans feu*, le rendait
pensif; et, sans l'avouer à son gai conducteur,

ne pouvait s'empêcher de croire à quelque
nouvelle et piteuse aventure, dans laquelle la
cousine aurait joué avec succès son rôle de poltronne, et aurait ainsi donné lieu à un véritable
conte de fées.

A force de bavarder, on était en vue de Guîtres. Le marchand forain continua sa route, et
M. Dartigues, lui disant adieu et le remerciant,

prit un chemin qui menait droit à sa maison.

En arrivant, il remarque un va-et-vient inac-
coutumé autour de sa paisible demeure. On l'a-
perçoit, on vient à lui; une bonne âme s'avance
honnêtement et dit :

« Elle va mieux.

— Qui donc?

— Mademoiselle votre cousine. Il a fallu appeler le médecin....

— Et le serrurier, ajoute un garçon d'un air
malin.

— Le serrurier? pour quoi faire?

— Pour ouvrir votre porte, reprend la bonne
âme, bien doucement, afin de rendre la chose un
peu moins déplaisante. On l'a ouverte en présence de madame votre belle-sœur, qu'on avait
été chercher, bien entendu.

— Comment? ma cousine était donc enfermée?

— Eh oui, monsieur, malheureusement; elle
en a été malade, mais vous allez la trouver
beaucoup mieux. »

M. Dartigues, moitié peiné, moitié impatienté,
remercia l'excellente femme, et entra chez lui
pour constater le fait, et voir sur quelle pointe
d'aiguille on avait bâti le remarquable édifice
dont les prunes avaient tant parlé.

Il y avait du vrai, comme au fond de toutes les
légendes; Mlle Seconde avait ajouté au vrai le

tragique, et les prunes s'étaient chargées de la
partie criminelle.

Au second étage, et regardant le chemin désert où était située la masure, il existait dans la
maison du notaire un étroit réduit, destiné à
serrer les malles et autres objets dont on ne se
servait pas habituellement. Au moment du départ, la cousine ayant eu affaire dans cette espèce
de grenier, y était entrée pendant qu'on la
croyait encore à l'église, ainsi qu'il avait été
convenu.

Ce maladroit de Gonzague, voyant ses parents
fermer à double tour plusieurs chambres de la
maison, trouva très-amusant de donner, lui
aussi, un tour de clef à une porte quelconque.
Laquelle choisir ? celle dont on s'occupait le
moins ; c'était assez bien pensé. Il monte à pas
de loup, et ferme à double tour la porte du petit
grenier, bien loin de se douter qu'il enferme sa
pauvre tante.

« Viens donc, Gonzague. Papa dit qu'on va partir sans toi.

— Me voilà, papa, me voilà ! »

Le petit homme descend deux marches à la
fois, et arrive juste à temps pour franchir, lui le
dernier, le seuil de la maison.

Mlle Seconde, qui avait changé d'avis sans en
prévenir personne, s'était dit : « Je partirai avec les

uns ou les autres, soit dans la première voiture,
soit dans la seconde, peu importe. » Elle se dépêchait donc de faire ses petits arrangements, car
elle se dépêchait toujours ; lorsque, voulant sortir du grenier pour rejoindre les partants, elle
se trouva prisonnière. Qu'on juge de son effroi !
Seule entre quatre murailles ! Pas de fenêtre, si
ce n'était une étroite lucarne percée sur le toit,
du côté du chemin désert.

Elle se tournait et se retournait, comme elle l'a
raconté depuis, se convainquant de plus en plus
qu'il n'y avait aucun moyen de sortir de là, Claudine étant allée voir ses parents, et ne devant
rentrer que le soir.

Mlle Seconde se représenta avec horreur huit
ou dix heures passées dans ce grenier, sans compagnie, sans nourriture, sans occupations, sans
distractions ! Et encore on se serait privée de
manger, de parler, mais que devenir dans cette
solitude ? Au lieu de se résigner à son ennuyeux
sort, notre peureuse préféra mourir de peur ;
c'était sa ressource en toute rencontre.

S'abandonnant donc à ce sentiment de frayeur
inconsidérée qui empoisonnait son existence, la
pauvre Seconde lui laissa prendre des proportions
gigantesques, et devint incapable d'une pensée
qui ne fût puérile ou extravagante. D'abord, elle
crut tomber en faiblesse lorsqu'elle entendit le

trot du cheval qui emportait au loin la famille
et les amis. Elle se mit à pousser des cris de détresse, en're les malles et les valises ; mais personne ne pouvait l'entendre, la maison étant
isolée, et située entre cour et jardin. Il arriva que
ses cris redoublèrent sa frayeur et qu'elle prit le
parti du silence.

Tristement assise sur une caisse de voyage,
elle gémissait et se perdait dans les prévisions les
moins réconfortantes.

Son vrai supplice c'était l'appréhension de cette
solitude absolue, de ces ombres qui, même en
juin, descendraient de bonne heure dans ce réduit, à peine éclairé en plein jour. Puis elle regardait au dedans d'elle-même, et voyait passer la
procession de tous ces fantômes à face lugubre
qui forment le cortége des poltrons. C'étaient les
ténèbres qui, tôt ou tard, l'entoureraient comme
un linceul ; c'était le bruit lointain d'une chute
d'eau, le travail de quelques souris des environs,
le bourdonnement importun de trois ou quatre
grosses mouches, le vol d'un oiseau de proie
passant au-dessus de la lucarne, le bruissement
des feuilles de toute une allée de peupliers, les
craquements des vieilles poutres, etc., etc.

La pauvre fille, loin de raisonner la situation,
se perdait dans les conjectures les plus détes-
tables. Si *on* allait entrer dans la maison, *on*

monterait, on viendrait juste dans ce petit grenier, on ouvrirait cette porte si bien fermée pourtant, on se jetterait sur elle, et finalement on la
tuerait.

C'est ainsi que Mlle Seconde passait son temps,
lorsque tout à coup un craquement, un peu plus
accentué que les autres, ayant interrompu ses
fastidieux monologues, elle passa incontinent de
l'état de prostration à l'état aigu, et sautant sur
une malle, entreprit de fourrer sa pauvre tête
sans cervelle dans la lucarne, et d'appeler à son
secours les quatre points cardinaux.

Le plan était beau sur le papier, mais irréali-
sable ; car il s'en fallait de beaucoup que la tête
de la pauvre fille pût atteindre la lucarne, pour
s'y encadrer convenablement. La peur, tout en
ôtant le bon sens, donne de l'énergie aux plus
sots ; c'est pourquoi la cousine, au risque de se
casser le cou, entasse malle sur malle, comme
jadis les Titans entassèrent montagne sur montagne ; s'armant d'un courage invincible, elle es-
calade le tout, et jette sa tête dans le vide. De là,
planant sur toute la contrée, et tournant comme
une girouette, elle pousse des cris de Mélu-
sine, qui font frémir les oiseaux d'alentour ; un
chat manqua en perdre l'équilibre et tomber
d'une gouttière ; mais aucun être semblable
à la pauvre Seconde n'entendit ses cris, ou du

moins ne s'en rendit compte, et personne ne
bougea.

Alors son énergie tripla ; elle prit un ton rau-
que, propre à terrifier l'arrondissement. Deux
rats qui causaient de leurs affaires, sur le bord
du toit, s'enfuirent en toute hâte, croyant à un
bouleversement de la nature ; mais pas une ménagère ne se mit en peine de savoir d'où venait
ce bruit intempestif, qui ne ressemblait plus à la
plainte humaine.

Alors la peur quadrupla ; notre cousine fit
rentrer dans le grenier sa tête affolée, mais en
retrouvant les malles, les souris et les quatre
murailles, la tête instinctivement retourna en
plein air, car elle se sentait moins seule, à cause
d'une lessive qui séchait tout là-bas ; c'était une
ombre de société, une preuve évidente qu'on faisait encore partie de la terre des vivants ; tandis
que les caisses et les quatre murs ne laissaient
pressentir que la faim, la soif, et cette mort dra-
matique que les peureux voient toujours en
face.

Donc elle ne quitta plus sa lucarne, la bonne
fille, au risque de périr debout, par une lassitude
croissante.

Une vieille femme passa et leva la tête aux
cris de la prisonnière. Celle-ci, par un élan de
désespoir, se hissa sur la pointe des pieds, et

engagea l'avant-bras dans la lucarne, afin d'attirer l'attention par des signes tellement variés que, en comparaison, nos anciens télégraphes n'eussent été que des jouets d'enfants. Dans cette brusque évolution, il y eut un choc, et la chevelure grisonnante de la cousine tomba sur ses épaules, ce qui acheva le tableau. La vieille femme leva les yeux et aperçut, entre deux cheminées, un visage qui semblait avoir dû être humain, mais qui ne l'était plus. Ce visage eût donné pour l'instant aux gens lettrés l'idée de la Pythonisse rendant un oracle défavorable ; la vieille crut tout bonnement avoir vu le diable, et se sauva de son mieux.

Il est probable qu'elle alla de ce pas colporter la nouvelle, que chaque commère eut soin d'accommoder ensuite à sa sauce. De là, les prunes!

Cependant, deux pauvres petits garçons vinrent à passer à leur tour par le chemin désert; ils sortaient de leur masure en ruine, et s'en allaient chez le boulanger chercher le pain du jour, insuffisant hélas ! pour les besoins de la famille. Les cris redoublèrent, les signaux de détresse devinrent frénétiques.... les enfants levèrent la tête, et l'un d'eux montra du doigt à son frère cette sorte de girouette qui remuait là-haut et qui faisait du bruit. Le frère était un peu plus grand.

« C'est quelqu'un, dit-il.

— Non, ce n'est pas quelqu'un; viens-nous-en, dis, veux-tu?

— Si, c'est quelqu'un qui nous appelle; faut aller le dire à maman. »

On devine le reste. La maman avait compris qu'on demandait du secours, et avait appelé les voisins; les voisins avaient appelé la belle-sœur; la belle-sœur avait appelé le serrurier; le serrurier avait appelé les gendarmes....

La pauvre recluse, ne sachant pas qu'on s'occupait de sa délivrance, croyait toucher à sa fin. Elle ne mêlait plus que quelques soupirs aux aboiements lointains des chiens et au bruit mesuré du marteau d'un forgeron. Cependant, l'honnête ouvrier qui, le premier, devait pénétrer le mystère n'était pas sans inquiétude. Mme Duroc, la belle-sœur, qui avait entendu les derniers sons gutturaux, assurait que cette voix effrayante était celle de Mlle Seconde, dans les circonstances critiques; le serrurier n'en croyait rien. Néanmoins, sur la parole de Mme Duroc, il cessa de requérir la gendarmerie, et se décida à ouvrir la porte.

Ensuite il monta l'escalier sans encombre, escorté de la belle-sœur et de plusieurs voisins et voisines, et guidé par quelques sons rauques, qui s'échappaient encore de temps à autre du gosier desséché de la pauvre fille.

Arrivé devant la porte du petit grenier, le serrurier dit : « C'est là ; » et, tournant deux fois la
clef que Gonzague avait laissée dans la serrure,
il ouvrit.

Qu'on juge de la surprise des assistants en
présence de la demoiselle qui, grimpée sur ses
malles, la tête en dehors de la lucarne, ne se
doutait seulement pas de ce qu'on faisait pour
elle.

L'ouvrier se recula instinctivement, de peur
de lui faire perdre la tête si jamais elle la reti-
rait de là. Mme Duroc entra seule, et prit le son
de voix le plus onctueux pour envoyer là-haut
quelques paroles de consolation.... Inutile. Mlle
Seconde, tout à son désespoir, cherchait bien
loin le secours qu'elle avait à ses pieds. Sa position exceptionnelle la séparait, on le comprend,
de tout bruit d'en bas ; il fallait se décider à la
toucher le plus délicatement possible, si l'on
voulait se mettre en communication avec elle.
Nul autre moyen à prendre quand les yeux et
les oreilles de quelqu'un ne sont pas là.

Mme Duroc, renonçant à un exorde que l'on
n'entendrait pas, approcha discrètement le bout
de son petit doigt du bout d'un des souliers de
la cousine Seconde....

Impossible de décrire la commotion qu'occa-
sionna la rencontre de ces deux bouts ; le sou-

bresaut fut tel que la malle de dessus se trouva
dessous, et la demoiselle d'en haut par terre,
sans connaissance.

Le brave serrurier, touché de compassion, se
chargea de courir chez le médecin, et deux personnes de bonne volonté portèrent la malade sur
son lit. Le premier quart d'heure fut consacré à
lui persuader qu'on ne l'assassinait point; le
second, à lui bander la tête, à lui frotter les
pieds et à lui remettre le pouce, car elle était
toute en compote, cette excellente personne.

Lorsque parut M. Dartigues, les choses avaient
repris leur cours, et Mlle Seconde croyait bien
réellement jouir encore de la lumière du soleil ;
toutefois elle fermait les yeux, tant l'avaient affaiblie les émotions malsaines nées de son aventure.

M. Albert la vit si défaite, si pâle, qu'il en eut
grand'pitié, et chercha aussitôt à reconnaître la
cause première de tout ce mal; il l'eut bientôt
trouvée, car la réputation de son fils Gonzague
était parfaitement établie.

M. Dartigues envoya un exprès à sa famille, et
ne voulut pas quitter sa parente. Lorsque Claudine fut de retour, elle acheva de rendre la sécu-
rité à ce pauvre cerveau troublé; et le soir, quand
tout le monde revint de la campagne, Mlle Seconde fut en état de raconter, sans en passer,

Qu'on juge de la surprise des assistants. (Page 69.)

les faits relatifs à sa captivité. Elle garda le ton solennel qui convient aux sujets grandioses, prit l'événement *ab ovo*, déclara qu'elle avait parfaitement entendu les petits pas de Gonzague venant fermer la porte à double tour, et fit une touchante péroraison sur les vicissitudes humaines!

Qui fut triste et véritablement peinée?
Ce fut la bonne Éline.
Qui eut envie de rire?
Ce fut Angèle.
Qui fut fouetté?
Ce fut Gonzague.

CHAPITRE V

On chauffe le four.

Angèle sentait chaque jour croître son estime pour Mlle Dartigues; mais son amour-propre souffrait de la trouver supérieure à elle en tout; et, quoiqu'elle dût penser qu'une année, à cet âge, suffit pour établir entre deux jeunes filles une différence notable, et que, de seize à dix-sept ans, elle pourrait progresser, Angèle s'abandonnait à son aigreur secrète qui l'empêchait de jouir.

Cependant l'amitié rendait toute chose agréable chez les Dartigues. Les plus petits incidents

donnaient lieu à une douce gaieté, à des rap
ports faciles, et à d'aimables plaisanteries.

Mme de Mély souffrait de voir que sa fille
prenait une très-faible part des plaisirs simples
qui amusaient Éline ; elle se disait qu'il en pourrait être ainsi toute la vie, car les personnes qui
ne savent pas profiter des jouissances de passage, toujours incomplètes, sont ordinairement
malheureuses.

Comme on le pense, il fut grandement question en famille des pauvres petits garçons qui
avaient été cause de la délivrance de la prisonnière. On voulut les remercier avec le cœur ; et
pour cela, il fut convenu qu'on leur ferait du
bien ; c'était la meilleure manière. Éline s'en réjouissait, car les enfants de la masure occupaient une large place dans son esprit, depuis
que sa tante, Mme Duroc, lui avait fait toucher
du doigt leur misère.

.« Oh ! s'il m'était permis, dit-elle bien doucement, de faire une proposition à ce sujet ?

— Parle, ma fille, répondit le père.

— Ce serait de leur donner à chacun un petit
lit de fer, pour qu'ils pussent quitter cette affreuse
caisse pleine de paille, où je les ai vus dormir.

— Pauvres enfants ! Je vote pour la proposition, ma fille. »

Un sourire servit de signature, et il fut con-

venu qu'on achèterait, en famille, deux petits lits
de fer, deux matelas et deux traversins. Tout le
monde s'en mêla. Mlle Seconde ne pouvait entendre parler de ses libérateurs sans verser deux
larmes : une de souvenir et une de reconnaissance ; elle commença donc le jour même un petit couvre-pieds au tricot, en grosse laine, et
Mme Dartigues mère se chargea de l'autre, sa vue
affaiblie ne lui permettant que ce genre d'ouvrage. Mme Albert voulut compléter l'œuvre de
charité. En bonne ménagère, elle coupa de grands
draps, encore bons des côtés ; elle enleva le milieu usé, et la patiente Éline entreprit bravement
douze ou quatorze mètres de surjets et vingt-
cinq ou trente d'ourlets ! M. Dartigues ajouta deux
petites couvertures, et la joie de sa fille fut au
comble.

Ces préparatifs se faisaient en hâte ; c'était l'affaire du moment. Mme de Mély voulut aider Éline
dans son travail ; et Angèle, qui détestait les surjets et n'aimait pas les ourlets, fut obligée d'avoir
au moins l'air de s'y mettre.

La petite Rosa, entraînée par l'exemple, ré-
clama la faveur de faire un bout d'ourlet ; sa
mère ne le lui accorda qu'à la condition de s'appliquer à sa leçon de lecture et à sa leçon d'écriture,
car il fallait se rendre digne de travailler pour les
pauvres, ce qui est en effet un honneur.

Gonzague, qui était aussi bon qu'étourdi, demanda gravement si, avec ses quinze sous d'économie, on pourrait acheter un traversin? On lui répondit, tout aussi gravement, que cette petite somme contribuerait certainement à le rendre meilleur, et l'on accepta ses quinze sous, dans l'intérêt de Gonzague, encore plus que dans celui du traversin.

Mme de Mély se félicitait chaque jour d'avoir introduit sa fille dans ce cercle intime, où l'on savait être heureux avec peu de chose. Quant à Angèle, souffrant de la supériorité d'Éline, elle songeait moins à l'imiter qu'à envier tout ce qu'il y avait d'excellent et d'aimable dans sa compagne.

En préparant les petits lits des enfants, on trouvait du temps pour tout; et Angèle remarquait qu'Éline, excepté les jours où l'on offrait aux hôtes quelques distractions, ne manquait jamais de faire lire son petit frère Gonzague, qui était en retard sur ce point, réservant pour le service de son espièglerie la finesse de sa nature.

Le petit garçon avait des entêtements prolongés; Angèle était témoin de scènes comiques qui l'amusaient et la faisaient sourire. La leçon de lecture se passait un jour en sa présence, dans la chambre de Mme Dartigues; Gonzague ne voulait pas achever la page commencée.

« Monsieur, il faut finir cette page.

— Non.

— Monsieur, si vous ne finissez pas cette page, je vais vous mettre dans l'alcôve, derrière le rideau.... Eh bien, vous voilà parti! Où allez-vous?

— Derrière le rideau; j'aime mieux ça. »

Éline, étouffant de rire, affecta le plus profond mépris, et dit du haut de sa grandeur:

« Allez! vous n'êtes pas digne de savoir bien lire; je ne vous donnerai pas votre leçon aujourd'hui; vous êtes un entêté.

— Eh bien, dit le petit bonhomme, de dessous le rideau, chacun a ses défauts, papa l'a dit hier au soir; il faut bien que j'en aie un aussi, moi.

— Chacun doit chercher à se corriger; c'est très-vilain, monsieur, ce que vous dites là. »

Angèle était, en d'autres instants, touchée de la bonté d'Éline pour le cher étourdi. Prévenir ou réparer les sottises de Gonzague, lui éviter des punitions, c'était sa préoccupation constante. Les plus grands méfaits de l'espiègle étaient ceux qui compromettaient, de près ou de loin, le repos de la cousine Seconde, car elle n'avait jamais rien entendu à la plaisanterie, et prenait toute chose solennellement. Surveiller Gonzague dans ses rapports avec la cousine était donc le travail constant de sa sœur aînée; mais cette surveillance eût occupé deux gendarmes toute l'année; c'est pourquoi Éline ne pouvait ni tout voir, ni tout empêcher; de là, les tempêtes.

Un jour, sous les yeux d'Angèle, se passa un de ces petits drames qui affligeaient la bonne Éline.

Mlle Seconde avait, entre autres manies innocentes, celle de ne pouvoir prendre sa petite tasse de café noir, le matin, si elle ne l'avait pas fait elle-même. Claudine devait simplement le moudre, puis le lui apporter, mais sans le retirer du tiroir du moulin; ainsi le requérait l'habitude. C'était le soir que Claudine, son ouvrage fini, montait avec les précautions voulues le fameux moulin à café. Un soir, plus pressée que de coutume, elle chargea son favori Gonzague de le porter chez Mlle Seconde :

« Faites bien attention, monsieur Gonzague; mettez le tiroir de votre côté, et portez le moulin bien droit; surtout ne courez pas dans l'escalier. »

Avant la fin de la préface, le garçon était parti suivi de la petite Rosa, qui l'aimait tendrement. Voilà le cordon de son soulier qui se dénoue; il s'arrête, le renoue et reprend bravement son moulin, sens devant derrière. L'effet est aussi prompt que désastreux : le tiroir, penché en avant, se précipite sur l'escalier....

« Rosa! comment faire?... Attends, je vais ramasser le café et le remettre dans le tiroir, n'est-ce pas? Pourvu que la mesure y soit, c'est tout ce qu'il faut. Aide-moi, petite sœur.

— Comment t'aider?

— Je vais racler, racle aussi. »

Sur ce, les voilà qui raclent avec une suite et une application dignes d'une meilleure cause; le tiroir se remplit, la mesure est comble!

Fier et enchanté, Gonzague dépose le moulin sur la table, en disant d'un air satisfait :

« Voici votre café pour demain, ma tante.

— Bien, mon enfant, je te remercie. »

La position étant délicate, le messager s'en alla plus vite qu'il n'était venu. La nuit passa sur le tiroir; mais quand la main soigneuse de la demoiselle le tira le lendemain, il se fit dans son esprit un travail nouveau : la mesure était évidemment forcée! Mlle Seconde se risquera pourtant à faire son café noir, mais sans aucun plaisir. Voyez! elle est assise comme à l'ordinaire sur sa chaise basse, devant sa jolie petite table; elle respire ce délicieux arome; mais enfin, on a beau dire, une mesure forcée, c'est une mesure manquée, et les esprits minutieux ne manquent rien.

Voilà le café qui est chaud, brûlant; c'est le moment où l'amateur se délecte! Point du tout. On va boire ce café comme on boirait autre chose; la mesure est manquée!

Mais qu'est ceci? Mlle Seconde aperçoit, à la surface, une foule de petites parcelles.... Elle vide la tasse dans la soucoupe, et comme sa vue a toujours été faible, elle s'arme d'une loupe.... Horreur! La loupe lui fait entrevoir un horrible mélange, non plus d'os et de chairs meurtries et traînées dans la fange, comme il apparut à la fille de Jézabel, mais un mélange de microscopiques atomes, ronds, pointus, brillants, grisâtres; plus, trois ou quatre brins de menue paille, une demi-aile de papillon et une tête de mouche enchâssée dans trois pattes d'araignée!...

Mlle Seconde, atterrée par les révélations de la loupe, pose sur un plateau la tasse, le tiroir, le marc, la tête, les pattes, enfin toutes les pièces du procès, et s'en va par-devant la justice, représentée par Mme Albert. Elle évite à dessein M. Dartigues, qui aurait été capable de rire tout en désapprouvant, et fait son entrée avec le visage abattu d'une personne entièrement sacrifiée. La bonne Delphine l'écoute avec attention.

« Vous voyez, ma cousine, que je ne me trompe pas? Claudine néglige absolument mon service depuis longtemps; aujourd'hui, ce n'est plus de la négligence, c'est de la malveillance. Vous pouvez vous en assurer, voici la loupe.

— Ma bonne amie, vous devez être sûre que si je croyais Claudine capable d'un pareil procédé,

elle ne coucherait pas ce soir chez moi. J'ai dans
l'idée que c'est plutôt le résultat d'une nouvelle
étourderie de mon pauvre Gonzague.

— Maman, il ne faut pas le gronder, dit naïvement Rosa; il n'a pas fait exprès de jeter le tiroir
par terre, et il a bien raclé la marche de l'escalier; et moi, je l'ai aidé, pour qu'il n'y ait rien de
perdu. »

Mme Albert sourit à la candide enfant, et dit
tranquillement :

« Vous voyez, ma bonne Seconde, que Claudine
n'y est pour rien; je vais lui défendre de jamais
confier aux enfants le moulin à café; et s'il arrivait qu'elle fût en retard, j'aimerais mieux vous
le monter moi-même. »

La cousine, apaisée par ces douces paroles,
cessa de se croire mortellement offensée, et,
comme elle était bonne, pardonna à Gonzague ce
nouveau méfait.

Le petit garçon fut interrogé par sa mère,
et se vanta aussi de n'avoir rien perdu, con-
firmant la parole de Rosa. Mais avant tout, il
eut peur de faire accuser Claudine, et se hâta de
dire :

« Ce n'est pas sa faute, c'est la mienne; car elle
m'avait bien recommandé de tourner le tiroir de
mon côté. »

La maman gronda doucement, parce qu'elle

voyait une fois de plus qu'il n'y avait en son fils ni lâcheté, ni mensonge.

Ainsi fut assoupie l'affaire, se terminant, selon la coutume, par un : « Je ne le ferai plus. »

Angèle, tout en affectant une indifférence qui déjà n'était plus dans son cœur, voyait avec intérêt tout ce qui se faisait dans la maison, si bien réglée, que gouvernait l'amie de sa mère, la paisible Delphine. La matinée se passait à travailler activement, chacun de son côté; et l'on donnait le nom de matinée à tout le temps qui précédait le dîner, fixé à deux heures et demie. On se levait de bon matin, et personne ne flânait, tant on était convaincu que le temps est aussi précieux que l'argent.

L'aisance de l'intérieur venait en grande partie des ressources que créent l'adresse, l'habileté des doigts, l'ordre dans les détails. La simplicité charmante de Mme Albert s'opposait à ces mystères que font tant de personnes pour avoir l'air d'être plus riches qu'elles ne le sont. Elle ne rougissait pas de ce qui est la véritable gloire des femmes : améliorer chaque partie de leur petit domaine, et mériter, par les actes les plus obscurs, l'entière estime de leur mari. Non, ce n'est pas chose puérile devant Dieu que cette attention journalière d'une femme aux plus minces détails, et c'est en parlant d'une bonne maîtresse de maison, à quelque degré que ce soit de l'échelle sociale, que l'Écriture sainte dit, au livre des Proverbes : « Son mari s'est levé, et l'a louée hautement. »

Angèle de Mély était à bonne école, d'autant que, chez Delphine, tout se faisait aisément, et personne ne paraissait surchargé. La jeune fille partageait momentanément cette douce et utile existence; et, pendant que son père était à Paris, où l'appelait une affaire, et que sa mère travaillait à l'aiguille en compagnie de Mmes Dartigues, elle restait le plus souvent avec Éline, qu'elle admirait sans précisément l'aimer encore.

Mme de Mély constatait l'étonnement de sa fille devant le tableau qu'elle lui mettait sous les yeux, et comprenait bien que ce qui empêchait Angèle de se trouver facilement heureuse, c'est qu'elle ne voulait point sortir de sa personnalité pour entrer, comme Éline, dans la voie du dévouement et de la charité. Sa mère lui avait dit souvent : « Tu t'occupes trop de toi, et pas assez des autres. »

Les jours se suivaient et se ressemblaient, contrairement au dicton, car on était venu partager, et non troubler, la vie des amis. Le notaire était à son étude, les dames à leurs occupations, Éline à ses fonctions multiples; elle s'occupait régulièrement de lecture pour achever son éducation,

de musique pour distraire son entourage et du
ménage pour devenir une bonne mère de famille,
à son tour. En plus, la surveillance intime de
Gonzague, et pour combler la mesure, les susceptibilités et les peurs de Mlle Seconde.

Entre ces modestes labeurs, elle ne perdait pas
la tête et se gardait d'oublier la gaieté de ses dix-
sept ans. C'est pourquoi elle dit à sa mère :

« Si vous le permettez, chère maman, quand
les petits lits des pauvres enfants seront termi-
nés, on chauffera le four pour nous amuser,
voulez-vous ? »

Mme Dartigues disait toujours oui.

Angèle vit sa compagne redoubler d'ardeur
pour en finir avec ces malheureux ourlets, qui
semblaient longs d'un kilomètre ; et tout en l'ai-
dant par politesse et par charité, elle se demandait quel plaisir on pouvait trouver à chauffer
un four.... Un four ? qu'y a-t-il d'amusant dans
un four ?

Avant de se livrer à ce qu'Éline appelait naïvement *un plaisir*, on fit venir les deux enfants de
la masure et leurs parents. Angèle remarqua
l'expression des yeux d'Éline, la même que celle
de tous ces pauvres gens, recevant les jolis petits
lits bien complets. Mlle Dartigues jouissait visi-
blement et disait tout bas à sa compagne :

« Oh! que je suis heureuse!

— Oui, pensait Angèle, c'est réellement du bonheur qu'elle éprouve. »

Elle se surprenait elle-même à reposer son
regard sur les mains des enfants, qui touchaient
et retouchaient le fer des lits, les draps, les couvertures, comme pour se dire : « C'est à nous ;
plus de caisse, plus de paille comme les petits
chiens ; s voilà traités en enfants du bon
Dieu. »

Cependant le père de famille demanda qu'on
voulût bien garder encore les lits pendant vingt-
quatre heures, afin que sa femme pût nettoyer
à fond la masure, avant d'y recevoir ces deux
couchettes, si jolies à ces yeux habitués à la dernière misère. On y consentit facilement, et la brave
femme, dont l'ordre et la propreté n'étaient pas
les vertus principales, se piqua d'honneur, et
prit la résolution de balayer à outrance. Un peu
de bonheur encourage : le caractère de cette
pauvre femme se modifiait ; elle cessait de croire
que ses efforts seraient inutiles et se mettait de
bon cœur à l'ouvrage.

Quand on eut terminé l'affaire des lits, Éline
rappela à sa mère la promesse de chauffer le four,
et la partie fut mise au lendemain.

Il y avait probablement un four chez les
Mély ; mais comme Angèle ne s'intéressait à rien,
elle ne savait même pas comment un four est

construit. Éline, dès le matin, la mena visiter ce coin de la maison paternelle, qui méritait en effet de ne pas rester inaperçu.

Dans la cour, à gauche, se trouvait une espèce de pavillon rustique, où se passaient presque toutes les scènes du ménage. Là était la buanderie où, quatre fois par an, les laveuses travaillaient plusieurs jours, remplacées ensuite par les *lisseuses*, comme on appelle en ces contrées les femmes qui repassent le linge.

Attenant à la buanderie, le four ouvrait sa large bouche, et, de loin en loin, Claudine, aidée de Mariette la jeune bonne, assistée d'Éline et gênée par les enfants, y enfournait tout ce qui se trouvait sur son passage; c'était en elle une passion.

Rien de plaisant comme l'entrain de la bonne fille quand il s'agissait *d'une chauffe*. Elle commençait par faire une moue effroyable, disant que cela augmentait l'ouvrage, et qu'elle en avait déjà assez ! Il fallait que son esprit s'accoutumât à cette idée, comme un cheval de course s'accoutume à la rencontre des haies et des fossés par-dessus lesquels il lui faudra sauter. C'était Éline qui servait d'entraîneur, mais avec quel succès !

Cette fois, Mlle Dartigues y mit plus de gentillesse encore que de coutume; il fallait distraire

la froide Angèle, et Éline éprouvait quelque chose
de ce qu'éprouvait Mme de Maintenon, quand
elle avouait, dans l'intimité, qu'amuser Louis XIV
n'était pas une mince besogne.

Angèle assurément n'était pas blasé comme le
grand roi, que Mme de Maintenon appelait *un
homme inamusable*, mais son humeur inégale et
l'exigence de son caractère l'empêchaient de se
livrer à ce gracieux enfantillage, qui est pour la
jeune fille un prolongement de ses premières
joies. Mlle d'Artigues savait encore rire d'un rien,
se créer des jouissances de très-peu de chose.
Elle ne préludait point à la grave existence de
maîtresse de maison et de mère de famille par
un sérieux prématuré et un sang-froid hors de
saison.

« Il y a temps pour tout, disait-elle gentiment, et maman m'a souvent répété que la
jeunesse du caractère ne lui enlève pas sa force,
et qu'on peut remplir exactement ses devoirs
sans se faire trois gros plis au front avant l'âge;
donc, chauffons le four, et gaiement ! »

Dès six heures du matin, Claudine sautillait
en marchant, et fredonnait un air de *chez nous*,
c'était bon signe. Aussi les enfants, à peine levés,
l'entouraient-ils déjà.

« Claudine, vous nous donnerez un peu de
pâte pour que nous fassions une petite galette !

— Oui, mes enfants ; oui, je vous donnerai de
la pâte si vous êtes sages ; mais ne restez pas
dans mes jambes, vous me feriez perdre la tête.

Il y avait effectivement complète connivence
entre la tête de Claudine et ses jambes, ce qu'elle
prouvait en sautillant lorsque son cerveau allait
mettre au jour quelque chose de merveilleux.
Dans son empressement autour de l'œuvre prin-
cipale, elle laissa tomber dans le feu le lait du
matin, oublia de faire griller du pain, enfin rata
de son mieux le premier déjeuner.

Bagatelle ! On fit des excuses aux amies, et
tout passa sur le compte du four. Claudine était
exclusive : une fois l'esprit plein de son sujet,
ou si vous aimez mieux de sa fournée, elle devenait étrangère à tout le reste. C'est pour cette
raison que, à deux heures et demie, bien exactement, le dîner fut raté tout comme le déjeuner.
On réservait son savoir-faire pour le souper, car
c'était à ce joyeux repas du soir, gai plaisir de
nos aïeux, que devaient apparaître les merveilles.
Aussi Claudine n'était-elle nullement marrie
d'avoir si mal fait toute chose. « Un jour de four,
disait-elle, on ne se charge pas l'estomac ; l'essentiel est de pouvoir souper. »

La première joie des enfants fut de voir la robuste paysanne se savonner consciencieusement
les mains et les bras, avant de commencer à

pétrir; c'était chez elle un point de coquetterie,
et elle s'arrangeait de manière à avoir toujours
pour ces ablutions quelques témoins.

On la vit ensuite pétrir la pâte et la rouler
indéfiniment. Rosa insista pour faire sa galette;
on l'établit sur une petite table à sa hauteur, que
l'on dressa au moyen d'une planche posée sur
une chaise, et la chère enfant, tenant du bout de
ses doigts un gros crayon, roula sa galette microscopique, jusqu'à ce que la pâte eût atteint
la dernière limite de la finesse et de la légèreté.

Pendant ce temps-là, Éline, véritable aide de
camp de Claudine, rangeait symétriquement dans
un long plat de terre, contenant un peu d'eau,
des côtelettes de porc frais, des rognons, un foie, du
lard, toutes choses excellentes et de bonne mine.
Elle avait relevé les manches de son corsage, et
l'on voyait ses mains blanches et fines entrer
gaiement dans la pâte, la soulever, la rejeter pe-
samment, passer le rouleau après l'avoir beurré;
tout cela fait par elle, si gentille, était encore
plus aimable à regarder. Angèle s'en voulait un
peu de rester étrangère à ce qui se faisait, ou du
moins de n'être que spectatrice, par défaut de simplicité.

Voilà! les galettes sont prêtes; les tartes, dis-
posées de manière à recevoir des mains d'Éline,
et en sortant du four, une couche de fraises

cueillies dans le jardin au dernier moment, pour
qu'elles soient plus fraîches. Voici une pyramide
de pommes de terre, de magnifiques pommes de
terre, de la quarantaine précoce, du jardin ! Elles
attendent qu'on les introduise sans cérémonie,
enveloppées dans leurs robes de chambre, tout
simplement. Rien n'y manque, on ne voit que
grands plats et petits plats, tous désireux de
pénétrer sous la voûte mystérieuse, dont la puis-
sante chaleur va produire tant d'effets surpre-
nants !

Claudine a réuni quatre ou. cinq fagots de
menu bois, et elle a soigneusement nettoyé son
four. Il est si beau, son four, et elle en est si
fière ! Deux mètres en profondeur, deux en largeur, quarante centimètres de hauteur; le tout
bien conditionné. L'âtre est solidement dallé, et
monte par une pente à peine inclinée. La voûte
est construite en briques sur champ ; une large
porte en tôle, avec une poignée, ferme l'entrée.
Claudine, en face du monument et tenant à la
main une longue perche, ressemble à une guer-
rière armée pour la conquête. Angèle ne peut
cacher son ignorance absolue; Éline l'instruit en
plaisantant.

« Cette longue perche, au bout de laquelle vous
voyez un morceau de fer, c'est le fourgon, qui
sert à soulever le bois enflammé et à activer le feu.

— Et cette large et longue pelle?

— Cette large et longue pelle arrondie, et tout
en bois, sert à enfourner et à défourner. »

Angèle, qui n'avait jamais aimé de la campagne que ce qui lui rappelait la ville, n'avait rien
remarqué. Elle croyait qu'on allait remplir de
bois le four et y mettre le feu. Quelle fut sa surprise quand Claudine allumant d'un air de jubi-
lation une forte poignée de sarments, la jeta d'a-
bord à l'entrée du four, et la promena en diverses parties, comme pour familiariser la voûte
avec le retour de la flamme, son amie de passage. On la vit, cette joyeuse flamme, égayer les
parois, courant çà et là, se brisant en fourche
contre la voûte, et léchant les briques noirâtres,
comme pour reprendre possession de son petit
empire. Les figures rieuses des enfants s'illu-
minaient, ils étaient tout yeux; et chacun des
assistants conservait juste assez de présence
d'esprit pour éviter de recevoir en plein visage
la terrible queue du fourgon, qui s'agitait capri-
cieusement entre les mains de Claudine.

De temps en temps, elle prenait une brassée
de branchages desséchés, et la jetait en aliment
à la flamme, qui soudain se ranimait, pétillante
et réjouissante. La paysanne y mettait toute son
activité, toutes ses forces. Par cette brûlante
journée de juin, la sueur perlait sur son front,

sur son cou.... « Bah! disait-elle, ce n'est rien que
ça ! on a déjà vu le feu! »

Claudine, qui s'impatientait pour peu de chose
dans la vie ordinaire, pardonnait tout à son four
et ne souffrait aucune plainte autour de ce lieu
de prédilection. Si vous avez trop chaud, criait-
elle aux enfants, il y a de l'air dans la cour!...
Là-dessus, elle saisissait vigoureusement une
nouvelle brassée, la jetait au gouffre, et Angèle
voyait la voûte s'éclaircir, blanchir et arriver à
ce degré où des étincelles jaillissant du choc
annoncèrent que l'on pouvait entrer, pour peu
que l'on fût pomme de terre, galette, tarte ou
autre personnage en un plat vernissé. La ménagère était sûre de son fait ; ses yeux brillaient,
ses mouvements étaient lestes, ses pensées con-
centrées. Elle oubliait le monde entier ; à peine
conservait-elle assez de mémoire pour crier par
la force de l'habitude :

« Monsieur Gonzague, ôtez-vous de là ! Monsieur Gonzague, prenez garde au fourgon ; je
vas vous l'envoyer par le nez, sans le faire exprès. »

Ceci revenait comme le refrain d'une chanson ;
Claudine n'en avait plus conscience, elle allait
enfourner !

« Reculez-vous, monsieur Gonzague, que je
prenne mon écouvillon.

— Qu'est-ce que c'est qu'un écouvillon? demanda Angèle.

— C'est encore une perche, répondit Éline, voyez! On y adapte un morceau de grosse toile que l'on mouille, et, après avoir retiré du four ce qui reste de feu, on le nettoie au moyen de l'écouvillon. »

Effectivement, Claudine se servit avec dextérité de son fourgon pour racler la sole ou âtre, et nettoya, au moyen de l'écouvillon. Le four devint net et propre; on eût dit un petit salon d'hiver, non meublé, mais bien chauffé.

Alors, d'un air savant, on posa sur la pelle une énorme galette, que l'on glissa tout au fond; puis une première tarte, une seconde tarte, une troisième tarte. Les pommes de terre, n'étant point susceptibles, furent traitées sans cérémonie, et se campèrent un peu dans tous les coins. Le plat vernissé contenant les côtelettes de porc et le reste occupait la place d'honneur; autour du plat, on voyait comme des Pygmées en faction, la petite galette de Rosa, toute rondelette et gentillette, avec ses lignes en losanges et son minois provoquant; un peu plus loin, un gros tampon de pâte que Gonzague avait suffisamment trituré; puis la tarte informe du petit Xavier, ni carrée, ni ronde; enfin le *pain de quatre livres* pour rire, et long d'un doigt, que

Mariette avait absolument voulu façonner au nom du bébé.

Le moment d'enfourner est voué de tout temps au silence. Après l'opération, Claudine ferma le four au moyen de la porte de tôle, et, anxieuse, elle attendit à peu près dix minutes avant de s'assurer que la chaleur était bonne. La petite Rosa passa ces dix minutes à s'inquiéter de sa galette, et quand la ménagère retira la fermeture pour donner à l'ensemble le coup d'œil du maître, on prétendit que le chef-d'œuvre de Rosa était cuit à point, et on le retira. L'odeur en était réjouissante! L'enfant courut porter à sa maman son trésor. Vous croyez peut-être que Mme Albert eut la bonté de goûter cette galette lilliputienne? Eh bien, précisément, elle en goûta, et eut soin de dire qu'elle était bien bonne. Et Rosa en rougit de plaisir. Oh! les galettes! Oh! les mamans!

On passa en pourparlers et en allées et venues le temps nécessaire à la cuisson. Le four, assez chaud pour telle chose, l'était trop pour telle autre; il fallait mesurer le temps, c'est ce que fit Claudine avec la prudence d'un général de qui dépend en grande partie le succès de l'action. Par ses soins minutieux, il arriva que tout fut à point, sauf quelques pommes de terre qui, ayant roulé, et s'étant obstinées à rester dans leur

On posa sur la pelle une énorme galette. (Page 85.)

coin, la tête enfoncée dans leurs robes de chambre, s'y trouvaient calcinées; c'était bien fait.

Comment redire les joyeuses exclamations des enfants quand sortirent, l'une après l'autre, les bonnes choses promises par Claudine? Ils se mirent en rang pour voir passer le cortége; le plat vernissé était en tête, porté par le général en chef; puis venaient les galettes et leur suite, c'était un état-major brillant, on battit des mains en savourant l'odeur délicieuse qui s'échappait de ces pâtes dorées et croustillantes, et l'on soupa de fort bon appétit, en se promettant de se régaler des reliefs le lendemain.

De ce bienheureux four on parla trois jours, et cette joie enfantine finit comme toutes les autres, par rien du tout.

Cependant, notre Angèle avait fait des réflexions philosophiques, tout en ayant l'air de ne regarder que la pelle et le fourgon. Elle avait fait plus ample connaissance avec Éline, et s'était convaincue que celle-ci avait le remarquable talent de s'amuser de ce qui était sur son chemin. Son horizon borné lui donnait non-seulement l'utile, mais encore l'agréable, et sa compagne l'avait entendue dire le soir, en voyant la joie de ses frères et sœur, la gaieté des convives et même des domestiques:

« Oh! que je suis heureuse!

— Heureuse? heureuse d'un rien? Et moi, il
me faut beaucoup, et malgré cela je me plains,
je m'ennuie, j'attends je ne sais quoi. Elle se sert
du présent, et le prend comme il est; elle fait
mieux que moi. »

Angèle causa le soir avec sa mère, et répondit
bien franchement à ses questions. Mme de Mély
la congédia par un baiser en disant :

« Allons, la journée a été bonne; toute la maison s'est égayée à peu de frais.

— C'est vrai, maman.

— Tout le monde se couche content. Ma fille,
donne-moi une perle!

— En voici une, chère maman. »

Angèle alla dormir. La perle était rouge.

CHAPITRE VI

Le pauvre Jean-Pierre.

Quelques jours se passèrent dans cette aimable monotonie de l'amitié, qui repose l'âme en
la laissant jouir de ce qu'elle ne pourrait analyser. On ne sent ni élan, ni vif sentiment de
plaisir, mais une douce quiétude qui tient lieu
de tout. Mme de Mély et Mme Dartigues éprou-
vaient ce bien-être, car il y a dans les amitiés
d'enfance d'inépuisables trésors de souvenirs.
Rien de gênant, rien d'inconnu. On s'en est allé
ensemble aux premières heures ; il a fallu se sé-

parer où le chemin se bifurque; mais à la prochaine rencontre, où les routes se croisent, on se retrouve sans surprise, et comme si les voies diverses où l'on a marché solitaires ne comptaient pas.

A Guîtres, dans cette simple maison où les deux amies se revoyaient, rien ne troublait l'union des cœurs. On travaillait ensemble, et l'on se reposait par des lectures, des promenades et des jeux.

Quelque divertissants que fussent ces jeux, Éline ne manquait jamais, au grand étonnement d'Angèle, de faire travailler le bouillant Gonzague, à qui elle apprenait la soustraction; c'était un rude labeur, vu la tête du monsieur! La grande sœur perdait quelquefois patience; ses nerfs se fatiguaient dans la répétition des mêmes mots; pourtant son cœur avait grand'pitié de ce petit frère, pour qui l'immobilité du corps et la fixité de l'esprit constituaient un double supplice. Il y avait de fréquentes prises d'armes entre les nerfs et le cœur. Quand le cœur l'emportait, la sœur aînée avait mal à la tête; quand les nerfs prenaient le haut bout, elle se portait bien, et réclamait l'intervention du papa. Alors arrivaient les claques obligées, honnête préambule de toute admonestation, et la soustraction n'en allait pas mieux. Aussi la jeune institutrice prenait-elle le parti de ne recourir à l'autorité que dans les cas extrêmes.

A cette époque, on se permettait encore à Gut-tres, et partout, la soustraction par la méthode d'emprunt; c'était ce que Gonzague avait le mieux saisi. N'avoir pas assez et emprunter au voisin, cela lui paraissait naturel; il aimait à répéter : « J'emprunte un qui vaut dix.... » le reste venait ou ne venait pas, il ne s'en inquiétait guère.

Pour se reposer de ses hautes études, Gon-zague faisait souvent un *solitaire;* ce jeu le char-mait parce qu'il était nouveau; Mme de Mély le lui avait apporté. Il en cherchait la marche plus volontiers que la marche de la soustraction, et s'inspirait parfois de ses souvenirs d'étudiant. C'est ainsi qu'un jour, dans un moment d'em-barras, se voyant menacé de laisser à leur poste une douzaine de fichets, il s'adressa à Angèle et lui dit, par allusion aux leçons de calcul :

« Mademoiselle, j'essaye, ça ne se peut; j'em-prunte un qui vaut dix, vous allez me tirer de là. »

En même temps, il lui remit son *solitaire* et reçut gravement ses conseils.

Pendant le séjour des hôtes tomba la Sainte-Olympe, le 12 juin, fête de Mme de Mély. Son amie voulut faire de ce jour un jour de réjouis-sance, et chacun s'empressa de la seconder. On

dévasta le parterre; on fit un peu plus de toilette, ce qui amuse toujours les femmes; les repas furent plus soignés, et la dame-jeanne
remplacée par quelques bouteilles de vin vieux.

La gracieuse Éline trouva le temps de peindre,
sur papier de riz, une fleur symbolique pour
l'offrir à l'amie de sa mère.

« Que faire? avait dit Gonzague à sa sœur. Je
voudrais bien aussi souhaiter la fête, moi; mais
une dame, ce n'est pas comme une maman, on
ne peut pas lui offrir une belle page d'écriture,
avec un entourage que tu ferais en encre
rouge.... Éline, si tu m'apprenais à composer
des fables comme celles de la Fontaine? Dis,
veux-tu? As-tu le temps?

— Ah! mon ami, la Fontaine faisait des chefs-
d'œuvre!

— Je veux bien en faire, moi, des chefs-d'œuvre. Qu'est-ce que c'est que ça?

— La Fontaine faisait des fables admirables,
parfaites.

— Ça m'est égal, je veux bien essayer; mon-
tre-moi.

— Je ne saurais pas moi-même.

— Toi? Tu sais tout. Parle.

— Eh bien! La Fontaine pensait, et puis il
écrivait ce qu'il avait pensé, en faisant rimer les
mots.

— Rimer? Comment?

— C'est-à-dire en choisissant des mots qui finissent par le même son; comprends-tu?

— Oui, oui; je vais faire comme la Fontaine, et je dirai ma fable à Mme de Mély. »

On se figure l'envie de rire d'Éline et de son entourage, à qui elle raconta la chose, afin de le préparer à l'indulgence pour le petit Poucet imitant le Géant.

On est toujours le bienvenu quand on n'a pour bagages que ses cheveux blonds et sept ans. Tous les visages s'épanouirent lorsque, avec l'assurance comique que donne l'ignorance absolue, le petit garçon se leva de table au dessert et se campa bravement en face de Mme de Mély, lui disant :

« Madame, j'ai fait une fable, comme la Fontaine, et c'est pour vous.

— Pour moi?

— Oui, parce que vous m'avez frotté quand je suis tombé dans l'escalier.

— Pauvre petit! Une fable? Tout en vers?

— Tout en vers. Et pour être plus sûr de faire rimer les mots, j'ai choisi toujours les mêmes.

— Ah! c'est une excellente précaution.

— N'est-ce pas? Vous allez voir! Je l'ai faite tout seul, ma fable; Éline ne m'a rien dit. »

Gonzague rejeta en arrière une jolie mèche

blonde qui retombait toujours, croisa les bras
d'un air de bachelier, et récita sa fable.

Mme de Nélis embrassa le petit rimeur, qui
avait trouvé un si bon moyen pour éviter les ri-
mes insuffisantes. La maman le regardait en
riant. M. Dartigues riait aussi, tout content de
l'aimable idée de l'enfant. Il attira vers lui le fa-
buliste en herbe, et lui donna un petit soufflet
(vu le système de bonnes claques, un petit soufflet de son père était pour Gonzague la plus délicieuse caresse!).

« Écoute, mon petit homme, dit-il ensuite, un
mot ne rime pas avec lui-même, entends-tu?

— Je trouve que si, papa.

— En grandissant, tu trouveras que non.

— C'est bien dommage! »

On pardonna facilement l'erreur, et l'on ne vit
que la gracieuse pensée de faire plaisir à Mme de
Mély. Quelques gouttes d'anisette, dans le verre
du papa, payèrent les labeurs du poète de sept
ans.

Tout le monde s'égayait; on parlait tous ensemble; c'était un moment de désordre joyeux....
Un bruit sourd et prolongé interrompit l'expan-
sion; chacun se trouva debout, inquiet, cherchant à comprendre ce qui venait d'arriver.
Mlle Seconde choisit ce moment pour tomber
sans connaissance; il fallut donc s'occuper d'elle

d'abord. Renversée sur sa chaise, les yeux fermés, le nez pincé, elle n'entendait même pas M. Dartigues, qui, un peu impatienté, lui criait qu'elle se portait bien, et que ce n'était pas d'elle qu'il s'agissait. Inutile, elle demeura pâmée pendant que le maître de la maison montait au second étage pour jeter un regard au dehors.

Hélas! la misérable masure bordant le chemin désert n'était plus qu'un amas de pierres, et les malheureux habitants étaient là, sur le chemin, poussant des cris déchirants et tendant les bras à un des petits garçons, le plus jeune, qui, se trouvant pris entre deux poutres, ne pouvait que remuer sa pauvre petite tête et verser des larmes.

En un moment M. Dartigues comprit la situation et vit ce qu'il y avait à faire. Abandonnant la peureuse cousine au soin des bonnes, il appela tout son monde au secours, et l'on s'élança vers la masure. M. Dartigues arriva le dernier, parce qu'il avait pris le temps de s'armer d'une pioche et d'attirer les hommes de bonne volonté du voisinage.

« A l'ouvrage, mes amis; sauvons l'enfant!

— Sauvons l'enfant!» répétait-on.

Les femmes en pleurs s'empressaient auprès de la pauvre mère, qui tenait son nourrisson dans ses bras. Elle se tor ait d désespoir, allait,

venait, montait sur les pierres, grondait son
mari, tapait son petit garçon qui tournait autour
d'elle, c'était le cœur inculte et fou de douleur.

Mme Dartigues lui dit à demi-voix :

« Donnez-moi votre petite fille; dans votre
agitation bien naturelle, vous pourriez lui faire
du mal, sans le vouloir. »

La pauvre mère, à cette voix si compatissante,
se mit à pleurer; les larmes la soulagèrent. Elle
confia son dernier enfant à cette autre mère,
et put enfin répondre aux questions qu'on lui
adressait.

« La nuit, dit-elle, j'avais entendu des craquements au-dessus de ma tête, et j'avais réveillé
mon mari; mais il avait répondu : « Les femmes
« ont toujours peur, tu m'ennuies, n'y a pas de
« danger, laisse-moi dormir. » Et pourtant c'était
moi qui avais raison! Ah! si l'on m'avait écoutée!
Tout à l'heure, je faisais bouillir de l'eau pour
tremper la soupe; mon aîné tenait la petite, là,
devant la porte; le père tirait un seau d'eau;
je sors pour chercher une poignée d'oseille,
et mon Jean-Pierre reste dans le grenier où
il était monté, par notre échelle, pour manger
des pommes pas mûres.... et le voilà! Regardez-
le!... »

La malheureuse retomba dans son désespoir,
courut vers son enfant et grimpa sur les pierres.

« Otez-vous de là, crièrent les travailleurs, laissez-nous faire; ça ne sera rien que ça. »

M. Dartigues donnait l'exemple de la promptitude et du dévouement; mais comme son dévouement était intelligent, il voulut obéir à Hippolyte Lenoir, robuste maçon qui se trouvait là.

« Commandez, dit-il, vous savez plus que moi. »

Hippolyte Lenoir s'avança sans se presser, mais ses mouvements lourds ne portaient point à faux; il savait ce qu'il faisait, et la pitié qu'il ressentait pour l'enfant ne lui ôtait rien de son sang-froid.

Les femmes, plus ardentes, et dont l'imagination agit davantage, auraient voulu hâter la délivrance.

« A quoi sert de se dépêcher? disait Hippolyte Lenoir. Faut frapper juste, sans quoi, l'on achèverait le moutard! »

Ces paroles donnaient le frisson et l'on obéissait en silence.

Pendant que les hommes travaillaient, Mlle Dartigues, s'occupant de ce qui suivrait, parlait tout bas à sa mère.

« Maman, les voilà sans asile.

— Eh bien, ma fille, que faut-il faire?

— Les prendre sous notre toit. Oh! je vous en

supplie! Dans le pavillon, de l'autre côté du four, il y a un chaix presque abandonné, qui peut contenir toute la famille. Si vous le permettiez, maman, je me chargerais de le mettre en ordre tout de suite avec Claudine; on y descendrait pour les parents un de mes matelas et une paillasse que je ferais moi-même en me servant de la machine à coudre; on y joindrait les deux lits de fer puisqu'ils sont heureusement restés à la maison. Puis on trouverait bien une vieille table, deux chaises, deux tabourets, quelques assiettes fêlées, une marmite, un vieux réchaud, quatre couverts d'étain? Maman, maman, répondez-moi!

— Je te réponds, en mon nom et au nom de ton père; va, mon enfant, dit l'heureuse mère, va, fais comme tu voudras. »

Éline regarda encore une fois le visage de Jean-Pierre; il ne pleurait plus, parce qu'il se voyait secouru, et qu'il n'avait pas conscience des difficultés que rencontraient les ouvriers pour venir jusqu'à lui.

Quelque intéressant que fût ce tableau, Mlle Dartigues sentait que son regard et sa compassion n'étaient point utiles à ces bonnes gens; et que, au contraire, elle les aiderait en retournant au logis. Angèle la suivit; toutes deux rejoignirent Claudine et Mariette qui avaient à peine terminé

leur mission auprès de Mlle Seconde. Cette bonne
cousine écouta avec un grand intérêt le récit
des jeunes filles et elle offrit de bon cœur ses
services pour préparer un asile aux habitants de
la masure.

Cette fois, Angèle ne voulut être étrangère à
rien de ce qui se faisait, mais elle s'entendait
mal aux humbles travaux des ménagères et
avouait tout haut n'être que la mouche du coche qui va et vient sans profit pour personne.
cependant Dieu, qui aime la bonne volonté, la
bénit pour le peu qu'elle fit, comme pour ce
qu'elle eût voulu faire.

Une bonne petite tête de femme, c'est une bien
belle chose! En une heure, aidée de ses acolytes,
Éline avait rendu le chaix habitable, sans dépen-
ser d'autre monnaie que ce génie féminin qui
pense à tout, et fait souvent quelque chose de
presque rien.

Elle retourna sur le lieu du désastre, avant
de s'installer devant sa machine à coudre pour
préparer la toile destinée à la paillasse. Les jeunes filles marchaient côte à côte, apercevant
Hippolyte Lenoir monté courageusement sur les
ruines et piochant, tandis que, sur ses ordres
précis, on enlevait les pierres et l'on se frayait
un passage.

L'enfant, quoique consolé, paraissait bien

malheureux! Il était tout pâle, et ses yeux tristes
cherchaient toujours sa mère, dont la désolation
était devenue une anxieuse attente, parce qu'elle
voyait bien que son enfant serait sauvé.

« Souffres-tu? dit Éline, après être montée sur
un tertre d'où elle se trouvait à la hauteur du
petit malheureux.

— Pas beaucoup, dit Jean-Pierre, j'ai seulement un peu de mal.

— Où as-tu mal?

— Partout. »

A cette réponse, les yeux de la douce Éline se
remplirent de larmes.

Je suis sûre qu'il a soif, se dit-elle.

« N'est-ce pas que tu voudrais boire, mon
petit?

— Oh oui!

— Cher enfant! Il faut que j'arrive à étancher
sa soif! »

Elle retourna près de sa mère, et de là, s'élan-
çant comme un faon de biche, alla chercher à
la maison paternelle une éponge qu'elle attacha
fortement à une branche d'osier; puis, empor-
tant de l'eau rougie, elle revint à la masure et
dit à Hippolyte Lenoir :

« Je vais faire passer de l'un à l'autre cette
branche d'osier; voulez-vous essayer d'approcher cette éponge des lèvres de l'enfant?

— Tout de même, dit rudement le maçon; donnez voir? »

Il prit la branche d'osier des mains d'un compagnon; pencha son corps en avant, étendit le bras, et le pauvre petit, dont la tête seule était libre, put humecter sa bouche en feu.

« Merci, » dit-il, quand il eut pressé l'éponge.

De loin, il regarda Éline, et lui sourit tristement.

« Pauvre petit diable! murmurait le maçon, ça fend le cœur, quoi! Attends, mon garçon, ça ne sera pas long, va! »

Là-dessus, il se remit à piocher, et Mlle Dartigues, l'âme toute pleine du triste sourire de l'enfant, serra cordialement une main qui avait cherché la sienne; cette main salie, écorchée même, c'était celle de M. Dartigues qui, tout à côté du malheureux père de famille, travaillait avec lui à dégager l'enfant.

Éline dit à sa mère en passant :

« Je vais coudre la toile! »

Sa mère l'embrassa et la regarda longtemps; elle jouissait de son excellente fille.

Angèle fut cette fois retenue par Mme de Mély qui, assise sur une grosse pierre, à côté de son amie, s'intéressait vivement au drame qu'elle avait sous les yeux. L'attention qu'elle y donnait ne l'empêchait pas de remarquer l'air pensif de sa chère enfant, qui semblait enfin comprendre ce qu'on peut éprouver de crainte, de douleur, d'espoir, pour d'autres que pour soi-même, ou pour ses proches parents. Quelque chose se remuait en elle qui jusque-là avait dormi; c'était la charité. Ce sentiment large et haut se levait dans son cœur et allait décupler ses facultés, donner à sa vie plus d'ampleur, de mouvement, d'utilité. Angèle en ce moment *grandissait;* et, de même que le corps se fatigue et souffre de la croissance, son âme souffrait en se développant.

Une heure avait passé; les travaux ne cessaient point. Mme Dartigues avait fait apporter du vin pour soutenir l'activité des travailleurs sous un soleil ardent. Elle avait cent fois encouragé, de la parole et du regard, la malheureuse mère, que les lenteurs nécessaires irritaient. Éline, aidée de Mlle Seconde, ayant achevé de coudre la toile, avait laissé Claudine et Mariette remplir la paillasse, et se retrouvait près d'Angèle, qui commençait vraiment à l'aimer.

« Que c'est long! disait Mlle Dartigues; comme l'enfant est pâle!

— Et pourtant, répondait Angèle, on ne se repose pas; on dirait qu'à chacun appartient le pauvre Jean-Pierre. Mais votre père, Éline, lui qui de sa vie n'a remué de décombres, voyez, c'est lui qui entraîne par son exemple.

— Angèle, Dieu t'en aimera davantage. Ces pauvres gens ne sont pas du pays, et n'y ont apporté que leur misère. Hier encore, personne ne s'intéressait à eux; on n'aime pas les étrangers, surtout quand ils sont pauvres; c'est pourquoi il est bon, devant Dieu, d'être leur protecteur. »

Toutes deux causaient ainsi, lorsqu'un formidable éclat de rire remplit l'espace; c'était la façon d'Hippolyte Lenoir. Quand il était attendri, il riait. Or, à force de patience, de combinaisons et d'adresse, il avait fini par rejoindre l'enfant, et dégager le haut de son corps; ses pieds seulement restaient embarrassés. Le petit malheureux, dès qu'il avait recouvré la liberté de ses bras, les avait jetés autour du cou du maçon, et l'avait embrassé de tout son cœur! Hippolyte Lenoir, qui avait deux enfants, s'était senti puissamment remué par cette étreinte et ce baiser; mais comme il s'agissait d'achever l'œuvre, de dégager les pieds et de rendre le tout à la maman, il avait eu recours à son plus gros éclat de rire pour se tromper lui-même. C'était un bon enfant, Hippolyte Lenoir, souvent entre deux vins, mais ne se grisant pour de bon qu'à la fête du pays; on lui passait cette faiblesse, et tout le monde l'aimait.

« Allons, mon garçon, v'là qui est fait, cria-

t-il à tue-tête, comme si Jean-Pierre eût été bien
loin. Encore un coup de pouce et nous y sommes. Eh ben, vrai! tu es là enchâssé comme
une clef de voûte. Allons, lâche-moi le cou,
parce que ça ne fait pas les affaires. »

Sur ce, le brave homme se remit au travail,
avec les plus délicates précautions; c'était le
moment décisif où, bien involontairement, il
aurait pu blesser Jean-Pierre. Enfin il enleva le
dernier obstacle, assit l'enfant sur sa large
épaule et regarda d'un air triomphant, non pas
l'assistance, qui l'acclamait et qui battait des
mains, mais une pauvre femme en haillons qui,
tombée à genoux, tendait les bras comme si elle
eût pu, à cette distance, saisir Jean-Pierre. Les
autres étaient contents, ils disaient :

« Tout est fini ! le voilà sauvé ! »

Elle ne le disait pas encore; c'était la mère,
pauvre femme!... elle ne l'avait pas embrassé;
tout n'était pas fini !

Le soir de ce jour-là, ont eût pu voir chez les
Dartigues deux scènes bien distinctes. Entre
quatre murailles, toute une famille était endormie, et la mère, instinctivement penchée vers le
petit lit de Jean-Pierre, tenait encore sa main,
comme si elle eût eu peur de le perdre. Cette
famille, déjà si pauvre, était arrivée tout à coup
au comble de la détresse; mais la charité avait

Tout est fini ! Le voilà sauvé ! (Page 106.)

passé là, et avait dit par la voix de la bonne Delphine :

« Ce n'est pas pour rien que Dieu vous a placés tout près de nous, dans ce chemin désert. Ayez bonne espérance, l'enfant vous est rendu. Vous resterez sous notre toit jusqu'à ce que vous ayez un asile; notre pain sera le vôtre, tant que vous n'aurez pas de travail, et le bon Dieu nous bénira tous ensemble. »

Si, après avoir été témoin de cette scène intime, on avait longé l'allée d'acacias qui menait au fond du jardin, on aurait pu voir une scène joyeuse, bruyante, animée. Mme de Mély avait voulu se joindre à ses amis pour fêter les travailleurs. Une table avait été dressée sous un grand arbre, et le maître de la maison, non plus en manches de chemise, mais en tenue de bonne compagnie, faisait servir à boire à tous ces braves garçons, buvant lui-même avec eux, et prouvant une fois de plus que la vraie et désirable égalité est beaucoup moins dans le costume ou le bien-être extérieur, que dans les sentiments d'estime et de bienveillance.

Les dames, assises à quelques pas, empêchaient toute licence en s'associant à la joie de ces braves gens, et applaudissaient gaiement au

refrain d'une chanson à boire qu'Hippolyte avait
entonnée d'une voix de Stentor :

> A boire ! à boire ! à boire !
> Le cœur content, et le verre à la main ;
> Aux buveurs la victoire,
> Les joyeux chants et le gai lendemain !

Quand chacun eut retrouvé son chez-soi,
Mme de Mély se dit avec bonheur que sa fille
conserverait longtemps le souvenir de cette journée si pleine d'émotions. Angèle était rêveuse,
mais sans tristesse et sans ennui ; elle réfléchis-
sait et repassait avec sa mère chacune de ces
heures si utilement employées.

« Eh bien ! que penses-tu de mes amis, Angèle ?

— Chère maman, vos amis vous ressemblent.

— Je t'avais bien dit que tu les aimerais.
Crois-tu encore qu'Éline soit à plaindre ?

— Non certainement ; elle s'arrange de tout,
et d'ailleurs s'intéresse tellement à ce qui se
passe autour d'elle, que son existence se trouve
pleine et animée.

— Qui t'empêcherait de remplir et d'animer la
tienne ?

— Vous savez, maman..., chacun a son caractère. Éline est si supérieure à moi en tout !

— Qu'elle soit ton amie, et tu gagneras, par

sa présence ou par son souvenir, ce qui te manque, chère enfant. Pourquoi hésiter? Qu'attendstu pour être tout à fait à ton aise avec elle? il me semble qu'elle te fait beaucoup d'avances?

— Assurément, c'est moi qui recule encore. Pourquoi? Je n'en sais rien. Et cependant, je l'estime comme elle mérite d'être estimée. Son âme est un foyer d'affection, de bons désirs et de charité. Ce soir encore, après cette journée de si rudes fatigues, Éline me disait, en regardant le chaix où dorment les gens de la masure : « Mon père m'a promis de les aider à trouver du « travail; de mon côté, j'irai demain chez ma « tante, et nous organiserons une loterie pour « remonter le ménage.... Oh! que je suis heu- « reuse! »

« Maman, je suis tout étonnée; toujours ce mot *heureuse* lui revient sur les lèvres, toujours ce mot que je ne sais pas dire!

— Ma chère petite, Éline est heureuse parce qu'elle a fait du bien, parce qu'elle en veut faire encore. Vois-tu, remplir son devoir donne la paix; aller au delà du devoir donne quelque chose de plus. Ah! si tu pouvais aimer Éline comme j'aime sa mère, que tu t'en trouverais bien !

— Je le crois, maman.

— Allons, il est tard, va dormir.

— Bonsoir, chère maman.

— Et ma perle? »

Angèle regarda sa mère, puis elle ouvrit un tiroir. Un moment elle parut hésiter; ses doigts allaient d'une perle à l'autre. Avant tout, cependant, elle voulait être vraie.

« Voici une perle, maman. Bonsoir. »

Mme de Mély soupira; la perle était bleue.

CHAPITRE VII

De la mousse et des fleurs.

« Encore des bluets, encore de la mousse, donnez, donnez, Angèle, je n'en aurai jamais assez.

— Tenez, chère Éline, voici des bluets, des pâquerettes, toutes les fleurs des champs; et des feuilles, et de la mousse; nos trésors sont devant nous, et la mine n'est pas épuisée. »

Ainsi répondait Angèle, et son regard ajoutait :

Il est bien temps de vous aimer, de chercher à vous imiter, de m'avouer à moi-même que vous m'êtes supérieure, et de me perfectionner par votre contact.

Depuis quelques jours, Angèle n'était plus la même; elle avait consenti à regarder Éline sans prévention; et, de ces premiers efforts sur sa nature orgueilleuse et jalouse, était née cette calme amitié qui se forme d'estime et de sympathie, que l'on éprouve pour plusieurs, et qui n'a rien d'exclusif puisqu'elle s'éprend de toute beauté venant d'une âme.

Les jeunes filles étaient assises sous un berceau, que formaient en s'entrelaçant un noisetier et un sycomore; une table de jardin, placée devant elles, avait été couverte déjà plusieurs fois de ces joyaux de la prairie qui, dans leur simplicité, lui font une si belle parure.

Depuis l'heure où les oiseaux s'étaient éveillés, Éline et Angèle travaillaient avec un entrain charmant; et l'on voyait, suspendues aux branches du sycomore, des couronnes et des guirlandes, chefs-d'œuvre de patience et d'adresse.

« Que vous êtes habile! On sent que vos doigts sont exercés à ce genre de travail.

— C'est vrai, Angèle; tous les ans, à pareil

jour, quand le temps est favorable, je fais ce que
vous voyez; je prépare notre reposoir, c'est mon
bonheur! Mes parents m'ont permis cette année
de me passer une fantaisie; je suis contente, et
ce contentement me donne encore plus d'activité qu'à l'ordinaire.

— Vous avez rêvé quelque chose de nouveau?

— Oui, je veux que l'art disparaisse sous la
nature, c'est-à-dire que la nature fasse seule les
frais de notre fête. On ne verra cette année sur
l'autel ni flambeaux, ni vases, ni candélabres,
mais seulement de la mousse et des fleurs. Oh!
quel doux plaisir! que je m'amuse!

— Ma bonne Éline, si les anges jouaient, ce
serait à vos jeux. Du reste, vous êtes un ange,
vous!

— Vraiment? je ne m'en serais jamais doutée;
voyons la suite du discours?

— Vous riez, et moi je ne ris pas. Vous êtes
un ange gardien, car vous chassez de mon esprit
une idée fâcheuse que ma bonne mère com-
battait. Il me semblait qu'être heureuse était
chose très-difficile, et vous me prouvez le contraire.

— Oh! c'est bien facile quand la Providence
se charge de l'essentiel, comme elle l'a fait à
notre égard. Il suffit d'être de bonne humeur, et

de savoir se contenter de ce qui est à sa portée,
au lieu de rêver autre chose.

— Maman dit bien que vous avez un heureux
caractère.... Oh ! la jolie guirlande !

— N'est-ce pas ?

— Éline, que puis-je faire à présent ?

— Entourez ces flambeaux, voulez-vous ? faisons disparaître le travail de l'homme ; que les
bois et les champs ornent seuls ce tabernacle de
passage, dressé à Celui qui nous a donné les
feuilles et les fleurs. »

Angèle prit un flambeau et l'entoura de
mousse ; puis elle piqua dans la mousse des
fleurs de sainfoin, des pensées sauvages, des
coquelicots ; le flambeau devint comme une pro-
duction de la terre. Ce plaisir si simple faisait
sourire les deux amies qui, de temps à autre,
s'élançaient dans un verger attenant au jardin,
et en rapportaient d'autres fleurs, d'autres her-
bes et d'autres feuillages. Elles semblaient deux
papillons s'ébattant entre les touffes de verdure
et les dernières gouttes de rosée.

Cependant, le soleil montait à l'horizon, il
fallait se hâter. Éline avait appelé à son aide
quelques jeunes filles qui arrivaient, l'œil vif, le
sourire aux lèvres, dans un négligé en harmonie
avec ces travaux pieux.

Dès la veille, M. Dartigues avait fait dresser

l'autel; on avait recouvert cet autel d'une nappe
parfaitement blanche, entourée de draperies
fort simples; il ne restait qu'à l'orner de sa
parure champêtre. Ce fut un beau passe-
temps. Éline, qui avait conçu le plan, en sur-
veillait l'exécution avec précision et talent. L'aimable essaim obéissait en riant, et, sous ces
mains fines et intelligentes, se formait un ensemble gracieux rappelant le temps des scènes
bibliques.

On eût dit que l'homme en était à l'heure où,
ne sachant arracher à la terre ni son or, ni ses
autres richesses, il offrait à l'Éternel les fleurs,
les herbages et les fruits, hommages primitifs
d'une adoration pleine d'abaissement et de respect.

Un dôme de branchages se balançait au-dessus
de l'autel; ce dôme était suspendu par une corde
qu'entouraient des feuilles de lierre, et les extré-
mités de la corde s'enroulaient à deux beaux
platanes. Sous le dôme, de hauts cierges, en
grand nombre, sortaient d'une masse verdâtre,
émaillée des plus vives couleurs; c'était comme
un amas de plantes nouvelles, dont la riche
base supportait la blanche tige, et dont la fleur
était une flamme.

Ces cierges, placés sur trois gradins, formaient
le fond du tableau; et, de chaque côté de l'autel,

sur un pilastre large et solide, on voyait, un
genou en terre, les mains jointes et la tête inclinée, un ange adorateur; une tunique blanche,
deux grandes ailes, une couronne d'œillets rouges, c'était leur parure; et le regard s'attachait
de loin sur ces anges adorateurs sans comprendre, au premier abord, si ces emblèmes étaient
de bois, de pierre, de cire, ou si plutôt ce n'é-
taient pas des créatures pensantes, se tenant
immobiles devant le grand roi.

Effectivement c'étaient les deux enfants de la
masure. Éline avait eu la pensée de faire de ces
pauvres petits la plus belle parure de son reposoir. Elle avait proposé à tous deux des souliers
neufs et un petit couteau, s'ils consentaient à ne
pas remuer pendant à peu près dix minutes, ce
qui leur était très-difficile. Toutefois, parents et
enfants y avaient joyeusement souscrit, et la
perspective des souliers neufs et du couteau
avait suffi à assurer, après quelques répétitions,
le succès de la pensée d'Éline. Le père se tenait
derrière l'autel, caché par un arbuste; il surveil-
lait ses enfants, Mathurin et Jean-Pierre, afin de
leur tendre les bras, et de les emporter, si quelque malaise leur rendait trop pénible l'attitude
imposée.

La grand'messe était achevée. Au son des clo-
ches, la procession sortait de l'église, grossie de

toute une population venue des environs en habits du dimanche. Aux fenêtres, d'autres spectateurs, partout une affluence inaccoutumée dans cette ville si calme d'ordinaire. Rangé sur deux haies, tout ce peuple avait les yeux fixés sur le cortége, et ne se lassait pas de contempler les gracieux symboles qui précédaient le très-saint sacrement.

Pendant que Mlle Dartigues avait pour ainsi dire créé deux anges adorateurs,—si misérables, hélas! en attendant le ciel, — d'autres personnes s'étaient occupées de préparer quelques enfants à jouer un rôle dans cette fête touchante, que nos pères du treizième siècle ont nommée *Fête-Dieu*. Trois filles de douze ans, déjà grandes et raisonnables, avaient été chargées de figurer la Foi, l'Espérance et la Charité. La première, vêtue de blanc, portait de la main droite une croix; la seconde, dont la robe était verte, s'appuyait sur une ancre, et la troisième, tout en rouge, tenait une sorte de lampe romaine, en forme de coupe, d'où montait une flamme, symbole de cet immortel amour qui vivra, lui seul, alors que la Foi et l'Espérance seront tombées devant la lumière et la possession.

Angèle n'avait jamais vu ce genre de pompe religieuse; elle en était surprise et charmée. Ses yeux, ne sachant où s'arrêter, quittaient avec regret les vertus théologales pour suivre le petit saint Jean-Baptiste, bel enfant de sept ans, à demi vêtu d'une peau de mouton, et suivi d'un agneau bien blanc qu'il conduisait naïvement au moyen d'un ruban rose.

Mais voici Madeleine, la pauvre pécheresse! Elle a été choisie parmi les enfants les plus sages, doués d'une longue et épaisse chevelure. Elle porte bien humblement une robe d'étoffe brune, une ceinture de corde et des sandales; sa tête est nue, ses cheveux couvrent ses épaules et tombent sans art: elle tient entre ses bras un crucifix qu'elle contemple d'un air contrit. Ne dirait-on pas que d'amers souvenirs chargent de nuages ce front de dix ans? Non, c'est la bonne petite Rosine, que ses pauvres parents aiment comme un trésor parce qu'elle ne leur a jamais fait de peine. On lui a demandé si elle voulait représenter la sainte pénitente, et on lui a promis du pain et du bouillon pour sa mère malade, et pour elle un livre de messe, car le sien est trop laid, elle en a honte. Angèle la regarde avec attendrissement et se rappelle la Madeleine, au cœur dévoué, dont le Maître a dit : « Beaucoup de péchés lui seront remis parce qu'elle a beaucoup aimé. »

Après les figures symboliques venaient les confréries, les bannières et enfin le dais abritant

Elle tient entre ses mains un crucifix. (Page 120.)

la divine Eucharistie, qui allait être pour un moment déposée sur l'autel de mousse.

Angèle s'était agenouillée près d'Éline, entre un oranger et un myrte; la vue de ces fleurs et de ces feux, les chants religieux d'un groupe de jeunes gens qui saluaient l'hostie consacrée, tout ce qu'elle voyait, tout ce qu'elle entendait, disposait son cœur à l'adoration et à la prière. Elle s'inclinait sous un souffle nouveau, se regardant elle-même jusqu'au fond, et peut-être pour la première fois.

Que vit-elle? on ne sait, mais ses yeux, ayant rencontré ceux de sa mère, il y eut là comme un subit épanchement, et la mère remercia le Ciel d'avoir éclairé l'enfant; car c'était réellement la lumière qui se faisait en cette fille bien-aimée, jusqu'ici livrée presque uniquement à l'occupation de sa propre personne.

Toute cette foule prosternée, sur la terre jonchée de fleurs, fut bénie par Celui qui disait aux siècles à venir : « Je n'achèverai pas le roseau brisé. » Bien des cœurs peut-être s'en allèrent meilleurs et purifiés de leurs taches légères, parce qu'ils s'étaient humiliés comme le publicain. Angèle fut de ce nombre.

Elle passa ce jour dans une quiétude joyeuse, suivant les pas d'Éline, et l'imitant en tout ce qu'elle faisait. Les deux jeunes filles étaient enfin unies d'une bonne amitié, mais, hélas! le départ avait été fixé au lendemain !

Le soir, après le souper, il y eut une jolie scène. C'était l'heure où les enfants de la masure devaient recevoir les souliers neufs et les couteaux. Les pauvres petits arrivèrent, non plus en anges adorateurs, mais avec leurs vieux habits, sales et déchirés. Angèle regardait avec un intérêt réel ces figures réjouies, sous les livrées de la misère, parce qu'une récompense était préparée.

Jean-Pierre, dès qu'il entrevit les souliers neufs et les couteaux, fit un saut de joie. Mathurin, un peu intimidé, se gratta la tête avec la main droite, et mordit les ongles de la main gauche; c'était une contenance réservée aux présentations officielles.

On avait fait faire les souliers sur mesure; ils allaient à ravir. Mathurin, une fois chaussé, renonça à ses cheveux et à ses ongles, s'occupant uniquement de ses pieds. Jean-Pierre se mit à marcher, comme pour prendre possession, et le bruit de ses pas l'enchanta au point de le faire partir d'un grand éclat de rire.

Les petits couteaux firent tout autant d'effet; on les ouvrit, on les ferma, on les rouvrit encore; c'était l'acte du propriétaire satisfait. Le bonheur des enfants devenait le bonheur d'Éline, et Angèle, tout en admirant leur joie expansive, suivait des yeux l'aimable compagne que sa mère lui avait donnée, et se livrait enfin sans défense à cette influence délicate et discrète, qui devait agir puissamment sur son cœur.

Les enfants se retirèrent, et la petite société termina la soirée en parlant de choses et d'autres, sans troubler le tête-à-tête qui s'était établi dans l'embrasure d'une fenêtre.

On cause bien en tête-à-tête, dans une embrasure de fenêtre, surtout si l'on est debout et comme en camp volant; car si l'une des deux têtes a la malencontreuse idée de se mettre en quête d'un fauteuil, et de s'installer, l'autre tête ne dit plus rien; l'intimité s'en va, et cette embrasure devient un endroit comme un autre.

Angèle et Éline étaient heureusement debout, et restaient là comme par hasard, sans préméditation, chacune subissant, à son insu, l'influence du vis-à-vis.

« Éline, voilà une belle journée!

— N'est-ce pas? tout y a concouru; et ce jour finit par la joie comme il a commencé.

— Éline, je vois bien maintenant, plus que jamais, que vous êtes heureuse, et je voudrais causer avec vous une bonne fois, afin d'empor-

ter d'ici, puisqu'il faut se quitter, un peu de
votre talent. Vous savez jouir de ce qui vous
tombe sous la main ; et moi, au contraire, il
suffit qu'une chose me tombe sous la main pour
que je ne m'en serve pas, pour que je la
déprécie.

— Chère Angèle, je n'ai pas le moindre mérite,
Dieu m'a fait un cœur naturellement reconnais-
sant, et c'est à tout instant que je bénis l'existence. Si vous saviez comme j'apprécie la situation où la Providence m'a placée, la famille dont
elle m'a faite membre, le milieu dans lequel je
vis ?

— Chère Éline, jamais je ne pense à ces choses;
il me semble que ces circonstances n'ont rien de
frappant, que c'est tout naturel.

— Et presque un droit, n'est-ce pas ? Ah ! si
nous pensions à la pauvre masure ! Ne pouvions-
nous pas naître là, dans les larmes, dans la misère, et dans les humiliations prolongées d'une
intelligence sans culture ?

— C'est vrai. Au fait, ma position est fort belle
aux yeux de tous ?

— N'en doutez pas. Maman m'a raconté
qu'ayant été autrefois visiter Mme votre mère
dans sa belle résidence, elle fut ravie de ce site,
de ces bois, de ces prairies, et de tout ce qui
entoure votre splendide demeure.

— Éline, ce beau site, ces bois, ces prairies,
qui entourent ce que vous appelez ma splendide
demeure, je ne les vois jamais....

— Cherchons à voir ce que Dieu nous donne
et nous en jouirons mieux, Angèle ; et nous ne
risquerons pas d'être ingrates.

— C'est vrai ; je n'y avais jamais pensé. Ne
pas apprécier le bonheur, c'est de l'ingratitude.
Éline, causons à cœur ouvert ; c'est bien tard,
puisqu'il faut se dire adieu. Voyez-vous, j'ai été
un peu jalouse ; vous valez mieux que moi,
beaucoup mieux ; mais je ne veux plus en avoir
de chagrin....

— Je vaux mieux que vous ? Ah ! chère amie,
maman me disait hier : Ma pauvre enfant,
tu es encore bien loin de réaliser le rêve que j'ai
fait d'une fille accomplie !

— Hélas ! Si maman a rêvé, elle aussi, que je
la trouve à plaindre ! Mais dites-moi, vous vous
sentez heureuse, votre sérénité le prouve ; cependant, il n'est pas possible que, pour vous, il n'y
ait point d'heures pesantes ?

— Il y en a ; et s'il n'y en avait pas, j'aurais
peur.

— Pourquoi ?

— Parce que je craindrais de confondre le
chemin et le but. Maman me dit quelquefois : La
vie n'est qu'une route, plus ou moins bien

entretenue, qui nous mène où nous devons aller.

— Il y a donc réellement des ennuis autour de vous?

— Autour de moi, et en moi-même. On n'est pas toujours en train ; le devoir a quelque chose de monotone, l'esprit se lasse tout à coup de ce qui lui plaisait la veille. Quand j'avoue à maman cet état passager de mon âme, elle me répond avec son bon sourire : — Marche, ma fille, c'est le chemin qui monte en cet endroit ; tu vas te trouver tout à l'heure sur la pente. — Je marche en effet, sans gémir sur l'ennui du moment ; puis vient la pente, et je dis comme toujours : Merci mon Dieu, merci maman.

— Éline, vous me faites du bien. Donnez-moi la main, et promettons-nous de nous aimer comme s'aiment nos mères. »

Les mains se croisèrent, les fronts s'inclinèrent ; un baiser s'ensuivit, aimable signature de tout pacte à cet âge charmant.

Avant le sommeil, Angèle s'approcha de sa mère.

« Maman, j'aime bien Éline. Jusqu'ici, j'étais un peu jalouse ; je ne le suis plus.

— Ma petite enfant, soyons humbles ; les humbles ne sont point jaloux. »

La mère serra sur son cœur la jeune fille ; celle-ci se dégagea doucement de l'étreinte ma-

ternelle, et s'éloigna comme confuse de ce qu'elle
venait de faire. Une perle avait roulé d'une
main dans une autre.

La perle était blanche.

CHAPITRE VIII

Au revoir.

Tout passe, même le temps qu'on donne
l'amitié. Il fallait se quitter ; et, comme tou
jours, ce n'était pas le moment opportun. On n
s'était rien dit, on n'avait pas assez joui les uns
des autres. Les deux mères, si habituées pourtant à n'avoir d'autre règle que la raison et le
devoir, trouvaient aussi qu'une halte dans la vie,
sous la tente de ceux qui nous aiment, est tou-

jours trop courte. Mais on avait pris d'autres
engagements, et quelques affaires obligeaient
Mme de Mély à rentrer peu de jours après sous
son propre toit. Concilier tant d'intérêts opposés
était fort difficile; on en trouva pourtant le
moyen, ou plutôt on sut mettre l'espérance en
regard de l'adieu, et l'adieu perdit de sa tristesse. Un gai rendez-vous fut donné à Voxal, chez
Mme de Mély; la famille Dartigues s'y trouverait
en septembre, et l'on recommencerait, sur plus
ample terrain, à causer, à rire, à vivre ensemble.

Toutefois, la smala étant nombreuse, on en-
tama d'aimables discussions pour arriver à décider qui irait et qui n'irait pas à Voxal. Mme Dartigues mère craignait le changement d'air et
d'habitudes; Mlle Seconde redoutait les dangers
du voyage, car la rencontre de deux trains,
l'explosion d'une chaudière, un déraillement
sur un pont, et la foudre tombant au beau milieu d'un wagon, tout cela lui semblait le pain
quotidien de toute pérégrination, et, pour rien
au monde, elle n'eût voulu exposer ses jours
sans nécessité. La bonne personne perdait sa
timidité quand il s'agissait de défendre sa frêle
et pâle existence; elle prit donc sa voix de faus-
set, et cria d'un air éperdu qu'elle ne demandait
qu'à rester dans son petit coin.

Rester dans un coin paraît une ambition rare
et facile à satisfaire ; mais dans ce même coin
devait se blottir Mme Dartigues mère, et l'on vit
son front, toujours gros de soucis, se plisser outre
mesure ; ses lèvres se pincèrent, et toute sa personne dit en excellent français : — Je veux un
coin où ne soit pas Seconde.

Éline si bonne, si dévouée, s'approcha de sa
mère, et lui proposa, le croirait-on, de la laisser
entre le marteau et l'enclume, et d'aller avec les
enfants jouir de ces plaisirs inconnus qui se
cachaient sous les grands arbres de Voxal.
Mme Dartig ↶ refusa bien entendu ce sacrifice,
tout en jetant à sa fille un de ces regards de
mère qui s'enferment pour toujours dans le
cœur de l'enfant, et resserrent l'union des
deux.

Cependant, on ne savait trop comment faire
lorsque M. de Mély, avec sa vivacité méri-
dionale, sa parole rieuse, et son cœur chaud,
emporta d'assaut la forteresse. Il fit, à l'intention de Mme Dartigues mère, une allocu-
tion si énergique et si concluante qu'elle fut
prise d'un rire sans précédent. Déjà plusieurs
fois, la respectable dame s'était laissé désarmer
par la verve joyeuse de son hôte ; une fois de
plus il fut vainqueur, et en face de l'événement,
Mlle Seconde ne sut plus que choisir. Il fallait de

son plein gré demeurer seule à la maison avec
la cuisinière, ou bien affronter les effroyables
dangers promis aux voyageurs. Habiter à deux
une maison si grande, si isolée ! C'était mourir
de peur le jour et la nuit ! Mlle Seconde choisit
bravement l'explosion probable de la chaudière,
et la profondeur des précipices.

La bonne Éline la félicita sans rire de sa courageuse résolution, et lui dit, du ton le plus
aimable, qu'elle se mettrait à côté d'elle tout le
long du voyage, afin de la distraire et de rassé-
réner son esprit autant de fois que besoin serait.
Quelle entreprise ! Mais rien n'effrayait le bon
cœur d'Éline, elle voulait que la pauvre cousine
pût trouver, elle aussi, sa part de plaisir dans
ce qui réjouissait tout le monde, et pour arriver
à son but, elle demeurait attentive et compatissante pendant que son père, prenant la chose en
riant, de peur de se mettre en colère, se frottait
les mains et disait tout bas : « Nous allons donc
transborder ce terrible colis !... Ma femme, tu me
donneras un petit verre de vin vieux aux stations ? »

Le dernier jour se passa dans ce *far niente* de
l'adieu qui ne vaut pas celui de l'arrivée, mais
qui a pourtant du charme. Dans l'un il y a plus
de mouvement, plus de gaîté ; dans l'autre, plus
de tendresse. On dit plus en partant qu'en arri-

La bonne Éline la félicita sans rire de sa courageuse résolution.
(Page 134.)

vant, et le cœur le plus fermé s'ouvre toujours à la dernière heure.

Éline, aimable et affectueuse, demanda à Angèle de lui écrire, avec beaucoup de détails, ce qu'elle remarquerait dans la seconde partie de son voyage ; et Angèle le lui promit, à condition qu'Éline à son tour lui parlerait de Guîtres, de ce qui se passerait en famille, et de la manière dont elle allait s'y prendre pour continuer à dire : Je suis heureuse !

Pendant les apprêts du départ, il y avait un petit bonhomme qui n'avait pas le moindre chagrin ; c'était Gonzague. Ce voyage dont il était question, ce chemin de fer, cette belle campagne où l'on devait passer quelques jours, c'était aux yeux de l'enfant l'image du bonheur ; il se figurait même qu'en voyage on n'était plus grondé ; son erreur était grande ! Dans sa bonne foi, il se promettait tant et tant de plaisirs qu'il aurait dit bien volontiers aux amis : Partez donc vite, afin que nous puissions bientôt aller chez vous.

Rosa prenait les choses tout doucement ; elle sentait moins vivement que son frère ; mais cette pensée de départ doublait néanmoins ses sollicitudes maternelles, et elle demandait, d'un grand sérieux, si à Voxal il faisait froid, afin de savoir au juste ce qu'il fallait emporter du trousseau de Lili, sa fille bien-aimée.

Quant à Xavier, encore fort occupé de marcher droit, il n'était pas sensible au changement de résidence, et Gonzague prétendait qu'il ne serait dans le voyage qu'un gros embarras vivant. Ce rôle aurait pu être revendiqué par le poupon qu'on portait encore, et qui ne riait, ni ne pleurait, en entendant parler de Voxal, tant lui étaient indifférents tous les coins de la terre, pourvu qu'il y trouvât sa maman, sa bonne et sa soupe, heureux marmot !

L'heure du départ sonna ; on s'embrassa bien amicalement, et l'on se sépara en se jetant ce mot que l'on aime tant à redire : Au revoir ! Éline donna à Angèle un dernier baiser, et lui répéta deux fois : « Vous m'avez promis de m'écrire ; donnez-moi des détails, beaucoup de détails. J'attends une lettre dans peu de jours. »

« Oui, je vous écrirai longuement, je vous le promets. »

CHAPITRE IX

Chez Clara.

En quittant la famille Dartigues, c'est vers la
paisible et hospitalière Belgique qu'Angèle devait
diriger sa pensée voyageuse. On avait eu le soin
de se ménager quelques jours de repos à Paris,
pour couper le long trajet de Guîtres à Malines;
et la petite tribu s'était remise en marche, le cœur
plein de doux souvenirs et de doux pressenti-
ments, car il n'est pas de plus agréable traversée
que celle qui se fait entre deux rivages qu'habite

l'amitié. On regrette, il est vrai, ceux qu'on a laissés; mais on sourit à ceux qui appellent; c'est d'un bord à l'autre une mer sereine qui vous porte et vous balance sans que vous sentiez autre chose que la fraîcheur et le calme des flots.

A mesure qu'on avançait vers le Nord, Angèle remarquait ces champs de houblon qu'elle ne connaissait pas, ces hauts échalas qui donnent à la campagne l'aspect d'un bois. Toutefois, la jeune fille avait espéré *se sentir* passer à l'étranger, il n'en fut rien. Un douanier méticuleux lui fit seul comprendre qu'elle franchissait la frontière, et si ses yeux furent frappés d'un signe nouveau, ce fut uniquement d'une sorte de bien-être répandu çà et là dans la campagne, et augmenté d'une propreté pleine de coquetterie.

Les deux anciennes amies s'étaient donné rendez-vous à Malines, afin d'aller ensemble de cette ville à S**, belle campagne où tous devaient se réunir. On avait bien, en descendant de wagon, quelque inquiétude. De chaque côté on se disait : — « Si nous n'allions pas nous reconnaître? il y a si longtemps que nous ne nous sommes vues! »

Les ans sont habiles à nous transfigurer, ou pour parler plus exactement, à nous défigurer; mais le cœur est bien habile aussi quand il passe par les yeux; il sait à merveille retrouver, sous les premières rides, les lignes d'abord tracées.

En vagon.

On se regarda, on s'embrassa, et les deux amies d'enfance auraient sur-le-champ commencé cette série de questions, dont on ne voit jamais la dernière, si la scène encombrante des bagages n'était venue se mettre à la place d'une scène beaucoup plus jolie.

Point de sentiment qui ne disparaisse au froid contact d'un bulletin de bagage; on se presse, on s'inquiète, on pousse, on est poussé jusqu'à ce qu'on ait mis la main sur chacune de ces bienheureuses caisses; et le voyageur le plus stoïque n'a réellement l'esprit dans son assiette que quand cette fraction des biens de la terre qu'il possède est revenue sous sa propre juridiction.

Ces dames étaient fort agitées; quatre caisses, c'était beaucoup de besogne! Mais quelque compliquée que paraisse une situation, nous finissons toujours par en sortir; c'est ce qui arriva.

Une heure plus tard, après une agréable course en voiture, on était tous ensemble assis sous les grands arbres, se comptant, se retrouvant, ou plutôt se cherchant; car, de cette joyeuse assemblée, peu de personnes s'étaient vues autrefois, mais tout ce monde s'aimait pour ainsi dire par procuration, tant avait rayonné, de part et d'autre, l'amitié de Clara pour Olympe et d'Olympe pour Clara.

On était dans une belle habitation à la campagne.
Des bois, des champs, de l'espace, le grand air,
une vaste demeure, des serviteurs, des chevaux,
tout cela n'est pas indispensable assurément pour
jouir les uns des autres; mais il faut convenir
qu'un beau cadre favorise les réunions d'amis.
On se promettait des dîners de familles, des promenades aux alentours, des courses intéressantes
à Bruxelles, à Anvers; on faisait cent projets,
tous charmants.

Angèle avait certainement beaucoup de plaisir
à voir dresser ces plans; mais comme partout où
nous allons, nous laissons quelque chose, elle
avait laissé entre les mains d'Éline un petit morceau de son cœur, et tout en jouissant de ce que
donne à ses amis cette forte terre de Belgique,
où l'on se souvient si bien, où l'on accueille si
délicatement, elle s'en allait sans bruit retrouver
de temps en temps Éline; le dernier mot avait
été : « J'attends une lettre. » Angèle se le rappelait, et peu de jours après son installation à S**,
elle prenait la plume et se rendait au désir de
son amie.

« Chère Éline,

« Je veux tenir ma promesse, car je prends ici,
au milieu de tous ces beaux cœurs, des leçons
de fidélité au souvenir et aux paroles d'amitié.

Ah! que c'est bon ces revoirs après longues années, quand le cœur a gardé toute sa jeunesse! Maman a des cheveux blancs; ses amies sont grand'mères, et je les vois se rappeler les plus petites circonstances de leur temps d'éducation, les bons rires, et surtout l'intimité des entretiens, la conformité des pensées aux différentes époques où, de loin en loin, elles se sont revues. Nous ferons ainsi, Éline; nous nous sommes connues tard, il faut réparer le temps perdu, nous écrire, nous revoir, nous aimer beaucoup!

« Notre voyage s'est passé comme les bons voyages se passent : pas d'incidents; de la poussière, et voilà tout. Mais, à part ce petit ennui, un bien-être des plus doux; j'aime à me sentir rouler, un beau livre entre les mains, le quittant sans façon pour les champs, les maisonnettes, un château en perspective au bout d'une avenue, un clocher dans la campagne; oh! c'est là ce qui frappe, quand l'express vous fait franchir en peu d'heures tant d'espace, les sanctuaires semblent si rapprochés les uns des autres, qu'on éprouve le sentiment presque continuel de l'adoration. Aurais-je senti cela aussi fortement avant de vous connaître? Non, chère Éline, vous avez changé la direction de mes pensées, vous avez, pour ainsi dire, *déteint* sur moi, et si je puis vous ressembler un jour, maman sera heureuse.

« Je suis charmée de la distinction calme, bienveillante et polie, des amis de maman. Nos hôtes pensent à tout, et le bon ordre qui règne dans le château constitue à lui seul une véritable jouissance.

« Ma chère, je vous le dis tout bas, nous ne sommes pas assez soigneux en France, nous vivons trop à la hâte. Nous faisons trop de choses; et nos caméristes, tout en se remuant beaucoup, sont loin d'atteindre cette perfection de nettoyage et d'arrangement.

« Quand nous faisons de longues promenades, je me crois toujours au milieu de maisons nouvellement bâties; on rit de mon erreur, ces maisons sont tout simplement bien entretenues. Oh! le bon pays pour les peintres en bâtiments! Tous les ans, chaque propriétaire se met en frais, et donne à sa maison une parure nouvelle, soit intérieure, soit extérieure. Ici, nul endroit sacrifié; tout peut passer à l'examen, et de l'ensemble résulte un air de bonne compagnie qui frappe beaucoup l'étranger. Le sans-gêne ne se voit nulle part; tout dit qu'on se respecte et qu'on vous respecte; et puis cet ordre et cette exacte propreté supposent l'aisance, et éloignent l'idée de ces misères affreuses et presque sans remède qui, en certaines contrées, attristent le passant. Il y en a sans doute, la charité le sait; mais le

caractère principal des villes et des villages, c'est
l'aspect du bien-être. Les femmes de la campagne,
allant au marché vendre leur récolte, sont bien
vêtues, sans luxe, sans coquetterie, mais avec
tout le soin désirable. Les laitières, que je vois
porter leur lait sur des brouettes, se complaisent
à frotter indéfiniment les énormes récipients qui
contiennent ce lait nourrissant et riche, oui, dou-
blement riche, non-seulement par la vertu des
pâturages gras et fumés, mais par la bonne foi
des campagnards belges qui est proverbiale et ne
baptise que les petits enfants.

« Madame van Osten, que maman appelle sa
fidèle Clara, est une dame fort aimable et qui ne
me fait pas du tout l'effet d'une grand'mère,
excepté quand cinq ou six enfants l'appellent
bonne-maman. Elle est patiente et dévouée comme
votre mère et comme la mienne. Vraiment, je
serais inexcusable si je ne me perfectionnais au
milieu de tant de personnes charmantes, que l'on
voit à Guîtres et ici.

« C'est à qui nous fêtera; on a le sourire aux
lèvres; la cordialité, la franchise, nous entourent.

« Deux jours après notre arrivée, on nous a
fait voir Bruxelles, cette belle ville où deux cent
mille habitants vivent sans se coudoyer; où les
accidents de terrains jettent partout le double

charme du coteau et du vallon; cette ville dont
l'aspect tour à tour riant, grandiose, moderne et
antique, satisfait les yeux sans les fatiguer.

« J'ai d'abord visité Sainte-Gudule, cathédrale
bâtie au moyen âge, dont la façade est superbe.
Deux hautes tours, une terrasse, un magnifique
escalier. Le chœur, de style ogival, la chaire en
chêne sculpté; les vitraux représentant, entre
autres sujets, le jugement dernier, et la terrible
histoire d'un affreux sacrilége, commis sur des
hosties consacrées; tout est beau, grave, recueilli,
dans ce lieu d'où monte la prière depuis sept
cents ans.

« Tout à côté de Sainte-Gudule se trouve la
Banque nationale, bâtiment tout moderne. Là
encore, et dans un autre genre, on ne voit que
lignes grandioses, salles hautes, lambris, corni-
ches, et surtout parquets admirables. C'est bien
l'œuvre d'une capitale; et de la capitale d'un
pays qui, quoique peu étendu, se sent au cœur
le profond sentiment de la vie morale et de la vie
matérielle.

« Le magnifique passage Saint-Hubert nous a
frappées; et plus encore, la place de l'Hôtel de
Ville, où l'on croit avoir tout à coup rétrogradé
de plusieurs siècles. Les corporations puissantes
du vieux Bruxelles semblent encore renfermées
dans ces maisons d'autrefois, à façade étroite;

maisons si originales, si pittoresques, avec leurs vitres à châssis rapprochés; ce coup d'œil est superbe, et la tour de l'Hôtel de Ville, vraie dentelle de pierre, légère, fine, élégante, porte hardiment à cent treize mètres de hauteur une flèche, et sur cette flèche un saint Michel en cuivre doré, de proportions colossales; c'est bien le couronnement du grandiose.

« Nous avons parcouru la ville en voiture découverte, ayant pour cicerone le plus poli et le plus intelligent cavalier, le frère de Mme Van Osten. Tout en dirigeant deux chevaux de sang, il se retournait à chaque instant, avec une obligeance sans pareille, et nous faisait remarquer le palais du roi, le palais ducal, le palais du sénat, le parc, Saint-Jacques et les fresques de son fronton, la place Royale dominant la ville, et où l'on voit la statue équestre de Godefroy de Bouillon, que la gentille petite Marie, enfant de trois ans et demi, appelle tout bonnement Godefroy de la soupe.

« Je ne vous parle pas des boulevards qui font à la ville une ceinture neuve, remplaçant sa vieille ceinture de fortifications. C'est ici le nouveau Bruxelles, le quartier Léopold, dont toutes les maisons sont modernes; c'est frais, c'est élégant, c'est riche; le bien-être ressort de toutes ces façades, de tous ces balcons. On n'a

laissé de place ni à la laideur, ni à la poussière;
on dirait que ces quartiers neufs veulent résoudre le problème d'une jeunesse éternelle.

« Il serait trop long de vous détailler les beautés du jardin zoologique, des musées, et de tout
ce que, pendant trois jours, nos amis nous ont
fait admirer. Papa vous dirait sur tout cela de
fort belles choses; moi, qui ne suis ni savante, ni
économiste, je vous avoue tout simplement que
ce qui m'a ravie, c'est de parcourir en voiture
le superbe bois de la Cambre où se jouent, par
l'effort de l'art, tous les caprices de la nature :
feuillages épais et sombres, jolies clairières,
pentes douces et verdoyantes, coteaux, belle
nappe d'eau qui s'étend à vos pieds, et que vous
contemplez du haut d'une colline boisée; tout est
là, et l'on a su donner à ce beau site un ton de
grandeur qui lui laisse pourtant le charme du
gracieux. Un petit-fils de Mme van Osten a demandé un jour si le Paradis terrestre était pareil
au bois de la Cambre. S'il s'était adressé à moi,
je ne sais pas trop si je lui aurais dit non.

« Eh bien, chère Éline, j'ai eu à Bruxelles une
jouissance très-vive, en dehors de l'architecture
et des chefs-d'œuvre des maîtres : c'est de visiter minutieusement l'intérieur des maisons de
plusieurs de ces dames. Quel soin, quelle propreté! quel repos pour les yeux et pour l'esprit !

Tout est à sa place, et le confortable ne disparaît pas sous le caprice du moment.

« Je ne vous parlerai que d'une seule maison, la plus petite que j'aie vue. Figurez-vous une bonbonnière. A droite, un salon qui semble un jardin vu au microscope, tant il y a de touffes de verdure ; une salle à manger proprette, coquette ; un escalier étroit, mais facile, imitant le marbre blanc ; des murailles d'une netteté irréprochable, des chambres d'une simplicité élégante ; partout des stores adoucissant la lumière ; partout de la hauteur, de l'espace, de l'air ; et dans la cuisine des casseroles, oh ! des casseroles luisantes comme des miroirs, et une brave Flamande s'excusant, à mon grand étonnement, de tout ce qui manque, dit-elle, à la bonne tenue ordinaire.

« Mes yeux français s'émerveillaient en dépit du discours de la cuisinière, qui se nomme, remarquez-le : Sapience.

« J'ai longtemps bavardé, cette lettre est deux fois trop longue et je n'ai pas tout dit... Quoi encore ? c'est que partout je trouve le souvenir d'Éline ; vous m'apparaissez continuellement avec votre sérénité, et cette inépuisable bonne humeur que rien ne rebute, parce que, où la nature fléchit, vous mettez la vertu. Vous ne vous doutez pas de ce que vous êtes pour moi ? si

vous le saviez, vous en seriez peut-être fière.
Vrai, sans me faire le moindre compliment, car
c'est à vous que je le fais, je deviens meilleure
parce que je vous regarde au fond de ma pensée. Adieu, chère Éline, répondez-moi.

« ANGÈLE. »

Cette lettre promise et attendue fut reçue dans
la petite maison de Guîtres comme une amie.
Éline l'apprécia d'autant plus qu'elle savait qu'en
voyage chacun devient inévitablement pares-
seux sur le point de la correspondance. Toujours
aimable, elle voulut aussi faire plaisir, et répondit dès le lendemain, s'interrompant sans
impatience pour sauver la cousine Seconde des
attaques de tout le genre humain, y compris
Gonzague, et pour sauver Gonzague des allocu-
tions paternelles, si bien senties.

« Merci, ma chère Angèle, de vous souvenir de
moi, au milieu des beautés de la ville et du bonheur de la campagne. Je me sens un peu jalouse
de la Belgique, d'après ce que vous m'en dites ;
mais comme je vois qu'on vous aime sans vous
faire perdre la mémoire, me voici prête à crier
avec vous : Vivent les Belges !

« Moi, je n'ai rien à dire, Angèle ; la vie coule
paisible, uniforme, et je ne m'en plains pas.

Garder ce que Dieu m'a donné, voir tous les miens en bonne santé, jouir de leur présence, compatir à leurs peines et partager leurs satisfactions, n'est-ce donc pas assez? Il faut pourtant vous avouer quelque chose. Figurez-vous que j'ai l'esprit attristé par le malheur si profond des enfants de la masure et de leurs pauvres parents. Papa les a gardés chez lui jusqu'ici; mais cela ne peut pas durer bien longtemps, et quand tout manque à la fois, il est impossible de se relever, à moins d'un secours exceptionnel et complet.

« Quand le petit Jean-Pierre me regarde tristement, je ne me sens plus heureuse, Angèle; il y a trop de distance entre sa détresse et mon bien-être. Cet enfant et son frère sont toujours grondés, souvent battus; les gens sans éducation, même les meilleurs, sont grossiers; et lorque la misère vient, la paix s'en va; ils s'irritent, et leur irritation se tourne contre ceux dont ils voudraient adoucir la vie.

« Cette famille est honnête, et bien à plaindre! Que je me plairais à la sauver de cette misère affreuse! Cela se pourrait, non en parant aux nécessités du jour qui renaissent le lendemain, mais en prenant les choses par la base... Angèle, je vous aime trop pour ne pas vous raconter mon rêve, écoutez bien :

« Si ces braves gens avaient le loyer assuré, ils seraient à moitié sauvés. La masure est en·tourée d'un jardin suffisant pour récolter ce qui fait l'ordinaire du pauvre; les pierres sont là, amoncelées, et Hippolyte Lenoir est un bien bon garçon, même quand il a bu un coup! Comprenez-vous? saisissez-vous mon plan?...

« J'ai pris tous les renseignements possibles. Cinq cents francs suffiraient pour acheter ce petit coin de terre et les débris, pierres et charpentes. Hippolyte Lenoir, qui va vite en besogne, n'a pas de travaux en ce moment, et se borne à doubler les chopines. Sous cette rude enveloppe, on trouve un cœur d'or. Nous lui avons parlé l'autre jour, et il nous a assuré qu'il ne faudrait pas plus de quatre cents francs pour relever la maisonnette, en remplaçant, bien· entendu, les poutres vermoulues. Avec une centaine de francs, on mettrait dans cette étroite demeure ce qui est nécessaire, et maman me donnerait quelques ustensiles de ménage, un peu endommagés, mais pouvant servir.

« Pour quarante francs, j'achèterais une belle chèvre qui brouterait l'herbe du chemin, et mangerait des feuilles, des racines, tout ce qu'on voudrait. On aurait ainsi du lait; cinq ou six poules feraient les cent pas autour du logis, se contentant du produit de leur chasse, de quelques miettes de pain, d'un peu de grain, et pondant, sinon des œufs d'or, du moins des œufs frais.

« Enfin, pendant que le père gagnerait un peu d'argent, selon ses forces, il n'en a guère, hélas! la mère ferait de petits profits au moyen du lait, des œufs, d'une couvée de poulets ou de canards; les enfants iraient chercher de l'herbe pour nourrir quelques lapins, qu'on mangerait aux jours de fête. Tenez, je vois tout cela au bout de ma lorgnette... Folie, direz-vous peut-être, imagination!... Eh bien, non; je crois qu'en se donnant beaucoup de peine, et en y mettant de la suite, on peut faire de mon rêve une réalité. J'ai le consentement de mes parents; ils ne me découragent point, au contraire; quand j'ai témoigné le désir de faire une loterie, à un franc le billet, ils m'ont dit qu'ils en prendraient en famille une centaine, voyez quelle bonté! Ma tante Seconde qui, en souvenir du petit grenier, ne peut voir les deux enfants sans fondre en larmes, veut en prendre pour son compte cinquante!

« Vous savez que papa me fait une pension de vingt-cinq francs par mois pour toutes mes dépenses personnelles? J'ai quelques économies, soixante-huit francs, je crois; et j'ai découvert ce matin qu'une toilette neuve ne m'est nullement

nécessaire ; je vois les choses d'un autre œil, mes
bottines qui me semblaient usées ne le sont pas ;
mon manteau d'hiver ne sera pas ridicule ; bref,
l'addition de ce que je n'achèterai pas me
donne cent quarante francs à ajouter aux dons
de mes parents !

« Je commence des lots pour une loterie : ouvrages à l'aiguille, au crochet, au tricot, etc.; je
m'adresse à vous, vous priant de m'en faire
aussi quelques-uns, et de me prendre des bil
lets. Ma famille a de bons amis à Guîtres, à
Libourne et à Bordeaux ; je crois être sûre de
placer à peu près trois cents billets. Est-ce trop
compter sur la Providence ? j'espère que le reste
viendra.

« M. le curé, à qui j'ai communiqué mon
projet, m'a promis de m'aider aussi ; il m'a déjà
donné soixante francs sur la caisse des pauvres,
et n'a pas du tout l'air de me prendre pour la
Perrette de la Fontaine. Papa est tellement bon
qu'il se fait mon banquier, et m'offre de payer
les frais à mesure, afin que je n'aie d'autre
créancier que lui. Tout me porte en avant. J'ai
soif de bonheur comme vous, Angèle : j'en ai
beaucoup, j'en aurai plus encore quand je verrai
cet honnête ouvrier sortir d'un dénuement dé-
courageant, sa femme Marion reprendre cœur
au ménage, les enfants aller à l'école.... Ah !

que je serai heureuse!.... Mais je m'oublie en
causant avec vous, et Gonzague a renversé son
encrier sur sa page, mis sa main dans l'encre,
et par suite, barbouillé son visage en essuyant
ses larmes; il en a jusqu'aux sourcils! Il faut
aller à son secours. Adieu, je vous embrasse.

« ÉLINE. »

Angèle eut une douce joie en recevant la lettre
de son amie. Un mois plus tôt, elle n'eût pas
attaché grande importance à ces menus détails
sur la situation des enfants de la masure, et aux
multiples projets de Mlle Dartigues, tendant à
sauver toute une famille; mais Angèle, se réveil-
lant, se dressait et sortait de ce linceul froid
qu'on nomme *égoïsme*, et qui rétrécit l'univers
aux yeux d'un individu, au point de le remplir
de sa personnalité, ou tout au plus de celle des
membres de sa propre famille. A la voix de sa
mère, elle avait consenti à s'étudier elle-même,
et à étudier les belles âmes qui l'entouraient;
c'est pourquoi sa nature se transformait, son
jugement se rectifiait, son cœur s'attendris-
sait.

« Maman, dit-elle, je veux travailler, faire des
lots, sacrifier comme Éline quelques économies
pour que d'autres soient moins malheureux.

— Tu feras bien, chère fille, ce qui te man-

quera en jouissances passagères, Dieu te le
rendra en bonheur.

— Maman, depuis que je vois vos amies se
compter pour si peu, et mettre tous leurs soins
à faire du bien aux autres, je comprends qu'on
peut vivre beaucoup en dehors de soi, et se
trouver heureuse.

— Allons, j'aurai des perles blanches !

— Oui, mère chérie, vous en aurez. »

CHAPITRE X

Les amis belges.

Le temps passe vite en Belgique, au milieu
d'un cercle d'amis. Angèle était enchantée de ce
qu'elle voyait, et le souvenir d'Éline ne la rendait pas exclusive; elle partageait sincèrement
l'estime et l'affection de sa mère pour ses hôtes.

Ici, tout convergeait vers une aïeule infirme
et digne de la plus tendre compassion! Lui composer, non pas des jours, hélas! mais des instants
heureux, au milieu de ses souffrances, c'était le

vœu constant de ces cœurs dévoués. « Tu feras plaisir à grand'mère ». Voilà le mot magique qui enfantait des merveilles.

Mme van Osten mère avait la joie de voir les enfants de ses petits-enfants; mais cette joie, précurseur de la fin, avait été précédée d'une longue vie, très pénible et agitée. Les épreuves avaient trouvé cette âme debout, forte, virile, et ne murmurant pas. Elle avait tant souffert que sa santé en avait été pour toujours détruite; et, au milieu de l'opulence qui maintenant régnait autour d'elle, un bon lit et un bon fauteuil étaient à peu près les seuls biens dont elle pût jouir.

Mme van Osten ne se plaignait pas, mais les siens la plaignaient et cherchaient à lui procurer quelque soulagement. Ses yeux, affaiblis par l'âge et par les larmes, lui refusaient service, mais tous les yeux de la famille s'offraient chaque jour à lui procurer le plaisir de lectures intéressantes et suivies. On se relevait, et la bonne grand'mère appelait ses lectrices les sentinelles de l'amitié. La faction était rude; on avait pour ennemi la surdité, il fallait lire très-lentement, à haute et intelligible voix; on s'y assujettissait, et ces âmes délicates mettaient leur talent à cacher leurs efforts, afin que l'aïeule ne pût pas s'avouer que lui faire la lecture était

Il fallait lire très-lentement, à haute et intelligible voix. (Page 160.)

une fatigue et un ennui. Ses jambes ne marchaient plus; mais elle en avait une vingtaine à sa disposition, car, depuis son fils aîné jusqu'au plus jeune enfant, tous voulaient la servir, chacun selon ses forces.

Angèle n'avait encore rien vu de semblable. Fille unique et bien-aimée, toutes les attentions, tous les soins s'étaient jusque-là rapportés à elle seule, sans qu'elle s'en doutât, sans qu'elle en fût le moins du monde reconnaissante. Habituée à une vie facile, et à la trop prompte satisfaction de ses désirs, elle était personnelle et ne s'en apercevait pas. Son voyage mettait pour elle en lumière ces dévouements humbles, quotidiens, qu'elle n'avait pas su remarquer dans son intérieur, et qui la frappaient chez les étrangers.

A Guîtres, Mme Dartigues employait sa vie entière à assurer le bien-être moral et matériel à son mari, à sa belle-mère, à toutes les personnes de sa maison. Éline se faisait gaiement un devoir de *servir* son père, sa mère, sa grand'-mère, ses jeunes frères et sœur; et la bonne jeune fille y ajoutait, sans le moindre plaisir, l'administration des peurs et des susceptibilités de la cousine Seconde.

En Belgique, Angèle retrouvait cet esprit de famille, si puissant quand le sans-façon ne l'a pas encore amoindri. On se passait, les uns

aux autres, mille petites faiblesses; on sacrifiait
à la paix du foyer ces vétilles dont l'amour-
propre sait se faire des armes. L'autorité du père
était sacrée à tous; et la mère, en s'y soumettant
la première, l'adoucissait de toute la grâce fémi-
nine de son esprit et de son cœur. S'il arrivait
une peine à un seul, tous étaient tristes, et la
joie d'un seul égayait les autres.

Angèle en venait à se dire, par la force de
l'exemple : « Ils ne sont point égoïstes, et c'est
pourquoi ils sont heureux. »

C'est sous l'influence de ces bonnes pensées
qu'elle écrivit à son amie une seconde lettre :

« Ma bonne Éline, je veux vous aider à faire
d'une masure, une maisonnette; d'une existence
affreuse, une vie laborieuse et calme Comptez
d'abord sur trois lots de ma façon. Une grande
aquarelle, un coussin en tapisserie, une pelote
brodée au plumetis et déjà commencée. Je ne
vous parle pas du reste; mais je fais des projets,
moi aussi. J'apprends à être heureuse, Éline, je
l'apprends en vous regardant, vous, votre mère,
Mme van Osten, et toute cette famille belge, de
mœurs patriarcales, qui me donne le spectacle
de la plus douce urbanité et de toutes les vertus
domestiques. Éline, comptez sur moi, allez en
avant, ne craignez rien; non, ce que vous voulez

faire n'est pas une imprudence, puisque vos
parents l'approuvent et vous aident, que votre
pasteur vous encourage, et que l'amitié ose vous
dire : comptez sur moi.

« Ma vie en Belgique est bien douce; ma vie à
Guîtres était bien douce aussi! Vraiment les
jours qu'on passe sous le toit des amis sont des
jours à part; les devoirs ordinaires ne vous
assujettisent plus, personne ne vous contrarie,
chacun au contraire cherche à vous être agréable,
et l'on se croirait volontiers sans défauts si l'on
ne pensait, comme maman me le rappelait ce
matin, qu'on n'est véritablement soi-même qu'en
face des obstacles.

« Chère amie, je m'abandonne tout simplement à ce charme de passage, et je jouis de
tout, y compris les gentillesses des enfants.
Seulement il est convenu, entre maman et moi,
que ces jours trop faciles ne compteront pas pour
l'épreuve. Vous qui avez appris de moi, la veille
de mon départ, tous mes petits secrets, vous
connaissez ce que j'appelle le *Traité des perles.* J'ai
donné la première perle blanche après vous avoir
eu acceptée pour amie, dans cette solennité religieuse dont vous avez contribué à rendre la
pompe plus touchante; depuis lors, je n'en donne
aucune, me regardant comme entrée dans le
chemin du bonheur. De ce chemin, qui est le

vôtre, je ne marquerai les stations que rendue à
moi-même, et lorsque ma vie sera telle que je
la ferai par ma disposition intérieure, et non
telle que me la font les amis de maman.

« Nous ne pouvons passer ici que dix jours, et
comme nous désirons beaucoup vivre en famille,
jouir de tout ce qu'il y a d'excellent à S..., nous
nous bornons pour cette année (comment ne
pas désirer revenir?) à deux excursions : l'une à
Bruxelles dont je vous ai parlé, et l'autre à
Anvers, ville toute différente et d'un caractère
opposé. Le même contraste se remarque au
moral, et l'on prétend que les habitants de cette
cité des traditions sont Anversois avant d'être
Belges.

« Les églises d'Anvers sont des musées précieux. La cathédrale, avec ses hautes arcades,
ses longues nefs, est un des chefs-d'œuvre du
genre gothique. Tout en est remarquable : sa
haute tour de dentelle, son carillon placé dans
une autre tour moins élevée, sa coupole renfer-
mant les plus grandes pensées de Rubens, ses
superbes vitraux, son *Ecce homo*, sa chaire
ayant pour piédestal le monde, ses monuments
funéraires, enfin le panorama que l'on découvre
du haut de son hardi clocher, tout est admirable.

« Nos amis m'ont fait voir le tombeau de Rubens, à Saint-Jacques. Le grand homme, attendant sous un marbre sévère la résurrection, repose près d'un autel orné d'un de ses chefs-d'œuvre Il semble vivre encore sur cette terre belge, où tout est plein de son nom.

« Je n'ai pu voir que ces deux églises; et d'ailleurs, pour vous parler de tant d'autres, dignes de remarque, il m'aurait fallu vingt pages.

« Le musée de peinture, le musée d'antiquités, les collections des amateurs, toutes ces richesses rempliraient bien des jours. La Belgique a cela de particulier que la terre seule lui manque; tout y afflue, et, ne disposant que de fort peu d'espace, où d'autres mettraient des œuvres, eux mettent des chefs-d'œuvre.

« Ne pensez pas que l'art ait tout envahi dans la ville d'Anvers et les environs; vous seriez dans l'erreur. Les promenades et les excursions à faire sont nombreuses et intéressantes. Le temps nous manque malheureusement pour jouir sans nous presser des beautés qui sont sous nos yeux; cependant j'ai obtenu de me laisser charmer tout à mon aise par les beaux habitants du jardin zoologique, surtout par ses oiseaux d'espèces rares, et ses perroquets, vous regardant passer le long d'une belle allée, dont ils se croient sans doute propriétaires. J'ai vu les ours lourds et maladroits, les autruches agiles, et tant d'autres

dont je vous parlerais volontiers, si ce n'était
abuser de votre patience.

« Si nous n'avions été aussi pressées, maman
se serait passé la fantaisie d'une course en Hollande; c'est une fort jolie fantaisie, naissant irré-
sistiblement dans l'esprit de tout voyageur qui
regarde les magnifiques steamers, prêts à le
transporter d'Anvers à Rotterdam, en lui dévoi-
lant les beautés de l'Escaut; mais quand on a
peu de jours à donner à la Belgique, il faut rester le plus possible avec ses amis, car l'amitié en
ce pays est encore ce qu'il y a de plus beau.

« Plus tard, quand nous reviendrons, nous
verrons la Hollande, avec ses moulins à vent,
ses canaux, ses prairies et sa physionomie à part,
bien distincte de la physionomie belge. Cette fois
nous nous bornons aux deux excursions dont je
vous ai parlé, et à parcourir les environs de la
belle demeure des van Osten.

« Dimanche dernier, nous avons été avec deux
de ces dames entendre la messe à Saint-Rombaud,
cathédrale de Malines, datant de plus de quatre
siècles, et dont la tour carrée et massive a été,
m'a-t-on dit, arrêtée dans son élan par les riva-
lités hollandaises, datant aussi de loin comme
vous voyez. A Saint-Rombaud, j'ai vu le magnifique tableau du *Crucifiement,* par Van-Dyck. Rien
de plus propre à exciter dans l'âme un recueille-

ment plein de tristesse et de prière; mais ce tableau est ordinairement soustrait aux regards par un voile, et ne profite aux chrétiens que moyennant un franc. C'est le cas de dire comme saint Paul : « De cela, je ne vous louerai point. »

« Chère Éline, mon bonheur quand je reviens au château, c'est d'admirer sans me lasser l'esprit de famille qui m'entoure. Ici chacun, pour l'arrangement de sa vie, consulte le goût des autres. Mme Clara van Osten ne fait rien par caprice, ni par entraînement; tout est calculé d'après les exigences de la vie commune; et bien qu'elle doive se trouver sans cesse gênée par cette suite de combinaisons, elle est toujours calme et paraît heureuse.

« Oh! comme je me trompais quand je croyais que vivre selon ses fantaisies, et ne se sentir contrariée en rien étaient deux conditions indispensables au bonheur.

« Mme van Osten appelle être heureuse voir son mari content, sa pauvre belle-mère consolée, ses fils travailleurs et vertueux, leurs enfants bien portants et sages, sa petite Marie bien gaie, et jouant de tout son cœur avec ses chevaux de toutes dimensions (elle en a quatorze!) et la toute petite Jeanne souriante dans les bras de sa jeune et gentille maman. Voilà un bonheur qu'elle trouve suffisant pour la terre, et ce bon-

heur, elle le paye par une attention incessante à
faire marcher tous les rouages dont se compose
une grande maison ; tout prévoir, et remédier à
tout..... En bon français, un affreux casse-tête !
Une vie très-active, un peu trop pleine, toute
consacrée à ceux qui l'entourent, et qui souvent
ne peuvent même pas se douter des difficultés
qu'elle surmonte pour faire à chacun la meilleure place possible au nid de famille. Voilà son
but, voilà ce dont elle remercie le ciel.

Quant à moi, simple voyageuse, libre de tout
souci, sans préoccupation aucune, je me laisse
vivre tout doucement, et je regarde avec sympathie ces âmes d'élite qui sortent d'elles-mêmes
et semblent s'oublier. Quel beau tableau ! Aussi
beau que le panorama qui se voit du belvédère ;
j'ai oublié de vous dire que le château des van
Osten est couronné d'un belvédère où nous sommes montées, bien entendu. — Cela se dit ainsi,
mais je vous confie que maman est restée en
route. — Les dernières marches m'ont fait peur ;
on se sent tellement en l'air ! mais ces dames
m'entouraient de mille précautions féminines ;
et j'ai retrouvé là-haut tant de confiance en m'appuyant sur le bras d'un de ces messieurs, que
j'ai pu jouir de la vue : le parc est grand, bien
boisé, et coupé par de jolis cours d'eau ; partout
les champs et les maisonnettes ; terrain plat,

mais admirablement cultivé; tout au fond, à
gauche et dans le lointain, les hautes tours de
Bruxelles....

« Mais je crois vraiment ne pas vous avoir
parlé des tartines! ces fameuses tartines qui,
pour n'être pas chefs-d'œuvre d'architecture ou
de peinture, n'en sont pas moins dignes de remarque et de louange. Me taire eût été de l'ingratitude ! Figurez-vous de vraies dentelles, dé-
coupées savamment par le maître ou la maîtresse
de maison, dans toute la largeur d'un énorme
pain rond, de pâte compacte; une couche légère
de beurre fin, le tout coupé en deux et replié sur
lui-même, avec cela une tasse de thé, de café,
ou d'excellent chocolat fait dans la perfection.
Quel déjeuner au saut du lit! Ma chère, ne riez
pas; c'est l'idéal de la chose.... Sur ce, je me
décide à vous dire adieu. Dans deux ou trois
jours, nous retournerons à Voxal. Il me semble
qu'à présent je vais m'intéresser à toute chose.
Et puis vous attendre sera si doux! Au revoir,
chère Éline.

« ANGÉLE. »

A peine cette lettre était-elle partie qu'il en
arriva une de Voxal. On prévenait la maîtresse
de la maison que Gertrude, la vieille jardinière,
était en danger de mort.... Angèle et sa mère

poussèrent ensemble un cri de surprise douloureuse; les anciens et fidèles serviteurs devien-
nent nos amis. Tous ces bons cœurs le compre-
naient, et nul n'osa se plaindre quand les voyageurs témoignèrent le désir d'aller au secours
de la vieille Gertrude, pour la sauver, s'il était
possible, ou du moins pour rendre moins amères
ses dernières angoisses. L'amitié se tut devant
la compassion, et sut perdre deux ou trois jours
heureux pour faire du bien à qui avait besoin
de soutien et de consolation.

CHAPITRE XI

Vous me l'avez sauvée!

« Comment, c'est possible! Vous avez abrégé votre voyage pour la vieille Gertrude! Oh! jamais je n'oublierai ça; et si je m'en vais dans l'autre monde, je m'en souviendrai encore là-haut.

— Ma bonne Gertrude, pourquoi vous étonner? Ne savez-vous pas que nous vous aimons bien?

— Oh si! mais à l'heure qu'il est, je le vois encore mieux. »

La pauvre femme se tut, la faiblesse rendait
sa parole lente et difficile, mais ses yeux suivaient tous les mouvements de la jeune fille, et
son cœur se reposait en la regardant.

Une gentille maisonnette en plein midi, à l'entrée de la cour d'honneur à main gauche, sous
l'ombre d'un marronnier, un toit de tuiles, des
volets verts, un treillage au mur, et la vigne
vierge s'y mariant au lierre sombre, telle était
la saine et agréable demeure de Gertrude et de
son mari Gervais.

En ces tristes jours, la maisonnette n'était plus
qu'un lieu de souffrance, hélas! Le vieux jardinier ne voyait plus ni le soleil égayant les abords,
ni les touffes de fleurs que, par plaisir, il avait
plantées sous la fenêtre de *sa vieille*, comme il
l'appelait. Le pauvre homme était là, assis, les
mains sur les genoux, la tête penchée en avant,
regardant sans voir, ou plutôt n'apercevant au
fond de toute chose qu'une impossibilité absolue,
un embarras inouï, un malheur qu'il n'avait
jamais prévu.... Ses pensées étaient confuses, il
n'osait les communiquer à personne; et, pour
résumer ce qu'il sentait, le vieux Gervais se répétait à lui-même:

« Comment que je vas faire, s'il me faut vivre
sans l'avoir là, toujours avec moi? Comment
donc que je vas faire?... »

Le brave homme se posait vingt fois par jour
cette question sans la résoudre; et s'il montrait
encore quelque courage, c'était parce qu'il ne
voulait pas que la bonne femme pût se dire :
« Il est donc bien inquiet? »

Mais, lorsque Gervais vit revenir ses maîtres,
lorsque surtout il les vit entrer avec empressement dans sa maison, s'approcher du lit, serrer
la main de la pauvre malade, ah! il n'y tint plus,
et sortant brusquement de la chambre, il s'en
alla pleurer comme un enfant dans la petite cuisine, si bien en ordre naguère, si bouleversée
maintenant.

Il entendait les paroles bienveillantes de ces
dames et en était touché; cependant il ne comptait que sur la mère; car, se disait-il, mamselle
Angèle n'aime pas beaucoup le pauvre monde.
Du temps que la vieille faisait des couvées, cueil-
lait les fraises pour le dessert, et des bouquets
pour le salon, on l'aimait bien et dans le fait
elle était bien aimable! Mais aujourd'hui, il n'y
a plus personne. A peine si elle vous parle. La
jeunesse n'aime que ce qui l'amuse. Ah! ma
pauvre femme!... Comment donc que je vas
faire?... Le bon vieux restait là, sans énergie,
sans volonté; ce n'était plus le jardinier, c'était
le mari de Gertrude, et Gertrude se mourait!

La malade avait été soignée sans doute, mais,

comme le sont les gens de la campagne, d'une
façon inintelligente. Les voisines entraient chez
elle dix fois par jour, pour dire :

« Eh ben, comment que ça va? »

Quelques-unes offraient de remuer le lit, ou de
laver le linge; ce n'était pas la bonne volonté
qui manquait, c'était l'entente, et la suite dans
le traitement. Chaque voisine apportait une re-
cette qui avait guéri la fruitière ou le boulanger;
on essayait tout, et personne ne savait exécuter
ponctuellement les ordonnances du médecin.

Il est vrai que Justine, la cuisinière du château, entrant dans les intentions de ses maîtres,
avait offert ses services, mais on ne s'aime pas
toujours entre cuisinière et jardinier; d'ailleurs
les Gervais, de si ancienne date, affectaient une
froideur un peu blessante pour ces domestiques
de Paris, qu'ils avaient vus si souvent partir à
l'entrée de l'hiver, et ne pas revenir au prin-
temps. Et puis, Justine avait eu le malheur de
dire que, par un vice de terroir apparemment,
les légumes que lui apportait Gervais cuisaient
mal, étaient aqueux, âcres, fades, que sais-je?
C'était plus qu'il n'en fallait pour qu'une secrète
hostilité s'établît entre les parties adverses; on
s'appelait monsieur, madame et mademoiselle.

Angèle, dont le cœur s'était attendri au contact
d'Éline, et de tous ceux qui l'avaient entourée

pendant son voyage, Angèle vit avec une véritable peine sa pauvre vieille jardinière en danger. Les plus doux rapports avaient de tout temps existé entre elles, et la jardinière était peut-être la personne qui avait tenu en réserve le plus de joies pour l'enfance d'Angèle.

Chaque année, au retour, il y avait quelque surprise : la bonne femme, d'un air joyeux, emmenait sa petite maîtresse au jardin, et lui montrait finement les améliorations qu'elle-même avait faites dans le parterre microscopique appartenant en propre à l'enfant : tantôt une allée de cintre de trente centimètres de large; une autre fois, un rocher d'un pied de haut, avec mousse et joubarbe dans les interstices; ou bien encore des bordures nouvelles de gazon d'Espagne ou de violettes.

Malgré son caractère indifférent, Angèle ne pouvait que sourire à ces attentions de Gertrude; elle l'en remerciait, et l'on passait un nouveau bail de six mois, pendant lesquels on s'aimait beaucoup. Il est vrai que, le bail expiré, Angèle oubliait Gertrude, tout comme elle oubliait au bois de Boulogne le petit rocher et l'allée de cintre; elle reprenait le tout ensemble en mai, et le laissait de même en novembre; mais la bonne vieille se souvenait toujours. Dès qu'Angèle n'était plus là, Gertrude songeait aux plaisirs qu'elle lui pré-

parerait pour l'année suivante. Aujourd'hui, les
cœurs sont à l'unisson; Angèle a consenti, sur
l'avis de sa mère, à regarder vivre ceux qui ne
vivent pas pour eux seuls, et voilà pourquoi sa
nature froide se réchauffe par degrés, et vient à
sentir ce qu'elle n'avait jamais senti, à se mettre
à la place d'un autre, et à jouir ou souffrir, de ce
dont cet autre jouit ou souffre.

La voyez-vous, dans sa toilette la plus simple,
mais distinguée toujours, soulever avec précaution l'oreiller de Gertrude, lui chercher, lui trouver une position? Ses mains blanches et fines
savent instinctivement manier la douleur. Elle
n'a pas appris à faire ce qu'elle fait; néanmoins
elle soulage, rien que par son regard et son
sourire.

Le vieux jardinier lui-même a repris courage;
il sort de sa prostration, il se surprend à penser
qu'un malheur ne peut pas arriver. Non; Gertrude
va rester là, affaiblie peut-être, mais toujours
bonne, active par besoin, utile par habitude, et
toujours heureuse en face de son vieux Gervais.
Qui sait? ne fumera-t-il pas bientôt sa pipe, assis
le soir sur son banc, à côté de sa vieille? Ah! ce
far niente, le soir, sur ce banc, c'était du bonheur! Il l'avait dit cent fois, il le redit au fond de
son cœur fidèle, paisible, et qui demande si peu
pour se trouver bien en ce monde.

Les mains blanches et fines savent instinctivement manier la douleur.
(Page 178.)

«Êtes-vous bien couchée, ma bonne Gertrude? voulez-vous que je vous aide à vous retourner? Attendez, vous allez voir! Je m'y entends.

— C'est bien vrai, ma chère demoiselle, vous vous y prenez mieux que tous les autres. Mon vieux fait ce qu'il peut ; mais il a des mouvements si brusques! Ah! vous m'avez trouvé une position, je suis mieux comme ça; merci, que Dieu vous le rende! »

Ces mots étaient doux à l'oreille de la petite garde-malade; et Dieu lui rendait déjà au centuple le peu qu'elle faisait.

A peine arrivés, son père et sa mère avaient demandé une consultation; leur propre médecin appelé s'était entendu avec l'honnête et soigneux praticien du village; on avait ordonné des remèdes plus hardis, plus actifs, et que rendait possibles la présence d'Angèle et de sa mère.

En deux jours, l'aspect de la malade n'était déjà plus le même : un profond silence ayant remplacé le va-et-vient perpétuel, Gertrude retrouvait par instant le sommeil, dont la fièvre l'avait complétement privée. Angèle, souvent assise au pied du lit, la regardait dormir, et, avec la confiance naturelle à son âge, pensait déjà aux premiers pas qu'elle lui ferait faire au soleil devant la maisonnette, en lui prêtant l'appui de son bras.

Gertrude, éprouvée par l'énergie du traitement, se sentait cependant plus forte contre le mal. Naguère, elle ne luttait plus, et semblait sur une pente fatale; la vue de Gervais lui fendait le cœur, et sa peine se tournait parfois en brusquerie, par l'effet du malaise. Elle lui disait :

« Qu'as-tu besoin de rester là, à me regarder? va-t'en à ton ouvrage. »

Il en pleurait, le pauvre vieux! Loin de lui en vouloir, il se disait :

« Faut-il qu'elle soit malade! Elle me parle comme si j'étais un autre! »

Et puis il se levait silencieusement, tout malheureux, et s'en allait pour ne pas la gêner. D'autres fois, il disait humblement aux voisines :

« Elle ne veut pas de moi; c'est tout simple, je n'ai jamais su manier que ma bêche, je suis maladroit, je lui fais du mal quand je la touche; ma pauv'femme! Comment donc que je vas faire quand elle n'y sera plus? »

Aujourd'hui, le bon jardinier, lui aussi, a changé d'aspect. Il a même modifié sa tenue; voyez, son costume de travail ne trahit plus le découragement; il a repris cette possession de lui-même qu'il semblait avoir perdue. Son pas est ferme, son visage calme; même il est moins gauche quand il offre à sa vieille une tasse de tisane, il n'en renverse plus en chemin et sur le lit; ses mouvements sont plus aisés, parce que l'affreuse incertitude est remplacée par l'espérance.

« Mamselle Angèle me la sauvera! »

Voilà ce qu'il se répète à toute heure, en voyant l'élégante jeune fille veiller, sous la direction de sa mère, à l'exécution ponctuelle des ordonnances, à la pureté de l'air, à maintenir l'ordre autour de la malade, à prévenir ses moindres désirs par une attention soutenue et tout amicale.

« Bon Dieu! pensait Gervais, qu'est-ce qu'on lui a donc fait là-bas? Comme elle est changée! Elle était jolie, et voilà tout; à présent, elle est bonne comme sa mère et aimable tout plein! Ah! ma pauv' femme! elle me la sauvera. »

Dix jours se passèrent, pendant lesquels un mieux progressif éloigna de la maisonnette toute idée de séparation prochaine. Gertrude allait reprendre ce peu de vie qui suffit aux vieillards. Déjà elle souriait en regardant son mari; elle demandait comment se portaient ses petits canards, et même elle avait dit :

« Laisse faire, mon vieux, il ne passera guère d'eau sous le pont avant que je fasse une petite lessive! »

Une lessive, c'était, dans la tête de Gertrude, un résumé du bien-être. Entasser les bonnes chemises de toile de son mari dans le cuvier, cou-

ler, savonner, rincer, étendre, mettre en presse
et repasser, autant de jouissances de premier ordre. Toute sa vie, Gertrude avait passé pour faire
la lessive lestement et avec habileté; son linge
embaumait!... C'était donc un bon signe que de
l'entendre parler lessive; les intimes regardaient
ce symptôme comme une entrée en convales-
cence.

Un jour, le soleil était radieux, les roses entr'ouvertes jetaient leur parfum aux abords de la
maisonnette; on assit Gertrude dans un bon fauteuil du château, à côté du banc où tant de fois
les bons vieux avaient dit : « Qu'on est donc bien
là! »

On y était bien encore. Plus de crainte, plus de
doute, elle était guérie, la chère bonne femme!
Son mari la regardait affectueusement et disait :

« Mamselle Angèle, vous me l'avez sauvée!!...»

Il y avait dans ce mot du vieillard une douceur, une suavité que la jeune fille n'aurait jamais soupçonnée pendant ses années d'égoïsme.
Être la cause prochaine du bonheur d'un autre,
éloigner la douleur, faire reculer la mort, n'était-
ce pas une grande et surabondante compensation
à un peu de fatigue et d'assujettissement? Quoi
de plus consolant que d'être, en quelque sorte,
l'instrument de la Providence, et de voir des cœurs
découragés reprendre force et espérance?

C'était pour Angèle un horizon entièrement nouveau; elle ne se lassait point de le regarder, cet horizon qui, s'étendant à perte de vue, lui montrait dans ses lointains des joies saintes et pures. La mère était trop frappée du changement de son enfant pour ne pas s'en réjouir; c'était avec la bonne Gertrude qu'elle aimait à parler de la jeune fille.

« Ah! ma chère dame, qu'elle est donc bonne, mamselle Angèle! Vrai, je ne l'aurais jamais crue capable d'être comme ça! Vous entendez ce que je veux dire? Elle était bien gentille tout de même; mais je n'aurais jamais pensé qu'elle trouverait du plaisir à me faire du bien, à s'occuper de choses ennuyeuses pour me soulager, à m'empêcher de mourir; quoi!

— C'est une bonne consolatrice, n'est-ce pas, Gertrude?

— Ah! madame, on ferait le tour du monde qu'on ne trouverait pas la paire! Elle vous dit des petits mots qui vous vont au cœur. »

La mère d'Angèle savourait ces paroles simples et sincères, se les faisait redire, et regardait avec une jouissance indicible sa fille s'empresser autour de la convalescente, assurer sa complète guérison en évitant les imprudences, en pensant aux mille causes de rechute auxquelles les gens de la campagne ne pensent pas.

Chaque jour on constatait un progrès dans l'état de Gertrude; et lorsque Angèle lui apportait, de la table du château, quelques bouchées d'un mets léger et délicat, qu'elle avait soin de placer sur une jolie assiette, la bonne femme souriait et regardait avec plaisir le contenant et le contenu; elle mangeait peu, mais ce peu lui profitait parce que c'était bon, appétissant, et offert le plus gentiment possible.

Angèle ne pouvait s'empêcher de rire quand, pour résumer les avantages de sa situation, Gertrude disait bien sérieusement :

« Ah ! je suis soignée comme si j'avais quarante mille livres de rente ! »

Les précautions, le régime, le vin généreux, tout porta fruit; et vingt jours après l'arrivée de ces dames, Gervais fumait un soir sa pipe, assis sur son banc, à côté de sa vieille qui ne voulait plus de fauteuil.

« Ah! qu'on est donc bien là, disait-il; voilà qu'on redevient comme avant ta maladie. On est là, le soir, tous les deux, à prendre le frais avant d'aller se coucher. Je vas faire brûler un cierge à la bonne Vierge demain; un cierge de quatre sous!

— Mets-en deux, un pour toi, l'autre pour moi.

— Eh ben huit sous, c'est entendu! Ah! le bon

Dieu a bien vu que je ne pouvais pas rester tout
seul.

— Dame! faudra pourtant que je m'en aille
un jour ou l'autre, mon pauvre Gervais.

— Oh! que non! Le bon Dieu ne ferait pas une
chose pareille! Il a bien vu que ça ne se pouvait
pas. C'est moi qui partirai le premier. En attendant, voilà que je reprends du cœur à l'ouvrage;
je me sens rajeunir sans que ça paraisse. Vrai,
je me prendrais quasiment pour un homme de
cinquante ans.

— Tu ne te gênes pas! Et moi, crois-tu que ça
ne va pas me sembler bon de me remettre à ma
cuisine, à ma basse cour, de reprendre mon petit
train? Je serai contente comme au jour de mes
noces! »

La vieille Gertrude riait et regardait finement
le bonhomme, qui la regardait aussi, tout en lan-
çant d'un air de triomphe sa bouffée de fumée. Il
la revoyait à dix-huit ans, robuste, grasse et
rouge, sous sa parure de mariée; et cette image
n'était à ses yeux ni plus belle ni plus aimable
que l'actualité. *Sa vieille* était là, bien empaque-
tée dans un vieux châle, un grand mouchoir bleu
en fanchon par-dessus son bonnet, plus de cheveux, plus de dents, peu de force, encore moins
de grâce; mais c'était toujours Gertrude, rendue
plus chère à son mari par près de soixante ans

de vie portés ensemble, par une affection si vraie, si enracinée, qu'on n'en parlait plus, tant chacun des deux prenait l'autre pour soi-même.

Angèle remerciait Dieu quand sa mère lui disait :

« Regarde! voilà à quoi tu as servi, ma fille. »

Il n'était presque jamais question, entre mère et enfant, du *Traité des perles*. Mme de Mély observait beaucoup et parlait peu, craignant peut-être de troubler, par l'analyse, les premiers élans d'une âme en dehors de sa personnalité. Toutefois, elle avait constaté que le petit tiroir où Angèle devait mettre les perles avait été souvent ouvert silencieusement le soir. On y avait glissé plusieurs fois une perle blanche, entre autres le jour où Gervais, les larmes dans les yeux, avait dit :

« Mamselle Angèle, vous me l'avez sauvée!... »

CHAPITRE XII

Autrefois. Aujourd'hui.

« Eh bien, Angèle, es-tu contente de ton
cours? trouves-tu que tu aies appris quelque
chose?

— Oui, chère maman, j'apprends tous les
jours; et je vous remercie d'avoir choisi cette
méthode. Voir de près vos amies a été pour moi
la meilleure des leçons.

— Tu n'as encore suivi que le cours élémen-

faire; je veux le faire passer au cours supérieur.

— Eh quoi? avez-vous à me montrer quelque
chose de plus beau?

— Ce que tu as vu était connu de toi, du
moins par analogie; je veux maintenant te montrer ce dont tu ne te doutes pas..

— Qu'est-ce donc, et où se feront ces nouvelles
études?

— A Paris, où tant de scènes se passent sans
attirer les regards; où tout afflue, ce qui brille
et ce qui se cache. Tu sais que ton père est appelé à Paris pour affaire? j'ai résolu de l'y ac-
compagner avec toi; nous emmènerons simplement la femme de chambre, nous resterons trois
ou quatre jours au plus, et nous irons au
cours.

— Encore une découverte! dites-moi ce dont
il s'agit, maman?

— Il s'agit de te faire faire connaissance avec
une famille du meilleur monde, dont le chef fut
un riche habitant d'une de nos colonies. Il y a
là trois générations de femmes; la mère et la
grand'mère sont créoles, la petite fille est née à
Paris. Ces dames ont gardé l'élégante bonhomie
de leur pays; elles sont bien élevées, intéressantes.... le reste, tu le verras, et tu jugeras toi-
même. Nous partons demain; prépare-toi à l'é-

lude ; cette classe est plus élevée que celles qui
se font à Guîtres et en Belgique.

— Chère maman, comment ne m'avez-vous jamais parlé de cette famille que vous aimez?

— Tu étais bien jeune ; il y a des situations si
délicates ! A présent, chère fille, et surtout depuis quelque temps, tu peux remarquer utilement, et toucher sans blesser. »

Le lendemain, on franchissait en chemin de
fer le court trajet de Voxal à Paris. Mère et fille se
retrouvaient pour quelques jours sous leur toit
d'hiver, entre les fauteuils poivrés, les tableaux
voilés, les meubles couverts de housses, et au
milieu de ce désordre convenu, chef-d'œuvre d'art
dans lequel, conjurant mites, mouches et poussière, nous laissons nos maisons des villes pour
nos maisons des champs.

La femme de chambre déshabilla quelques
siéges; on remonta les pendules pour entendre
autour de soi le bruit de la vie; on ouvrit ses tiroir, on y chercha je ne sais quoi, — les femmes
cherchent toujours quelque chose, — on déjeuna
et l'on sortit.

Angèle était tout étonnée de la direction que
prenait sa mère ; elle avait l'habitude des quartiers élégants, et sortait rarement, dans ses promenades quotidiennes, du Paris opulent et confortable. On s'acheminait cependant vers le sud-

ouest, et l'on arrivait sans trop de fatigue, car
les parisiennes sont marcheuses, à l'extrémité
de la rue du Cherche-Midi, à l'un des numéros
les plus élevés.

Angèle se demandait comment on pouvait demeurer si loin du centre, si loin de tout. Pour
elle, il n'y avait pas de Paris sinon les Champs-
Élysées, la Madeleine, les boulevards, le Bois de
Boulogne. Elle se trouva en face d'une maison
vieille et sans cachet ; point de porte cochère, un
escalier étroit et tournant sur lui-même, point
de tapis, bien entendu. On monta quatre étages
et l'on s'arrêta devant une petite porte à un seul
battant.

Appelée par une sonnette faible et criarde, une
vieille négresse boiteuse vient ouvrir ; sa laide
figure s'illumine en voyant Mme de Mély, et,
grimaçant un sourire qui la rend plus laide encore, elle lui souhaite le bonjour avec un sans-
façon qui n'est pas de sa part un manque de
respect. Enfant jusque dans le vieil âge, Mira répond à ses questions dans son langage primitif :

« Gros madame malade, tite madame sortie,
tite mamselle tout pâle ! »

Cette réception, ce parler nègre, l'exiguité de la
salle à manger dans laquelle on entrait tout
d'abord, sans trouver d'antichambre, les petits

rideaux de mousseline commune, la table ronde
couverte d'une toile cirée à demi usée, tout cho-
quait la jeune fille qui se disait :

« Je suis pourtant chez des femmes du meilleur monde; le chef de cette famille était un riche habitant d'une de nos colonies; c'est à n'y
pas croire! »

La négresse fit un signe familier qui voulait
dire : Attendez. Elle ouvrit une porte, disparut,
et Angèle l'entendit prévenir ainsi sa maîtresse :

« La bonne amie à gros madame; avé lilo
mamselle, moi pas connais.

— Fais entrer, Mira. »

On entra dans le petit salon, seule pièce un
peu convenable. Une dame âgée, pâle, maigre,
presque paralysée, était dans son grand fauteuil, à côté de l'unique fenêtre donnant sur la
rue, ce qui composait sa seule distraction. Elle
leva la tête, salua en souriant, et fit signe à la
négresse d'avancer deux fauteuils de velours
d'Utrecht, qui avaient été bleus. Tout cela se fit
d'un air de grande dame, contrastant avec le cadre étroit et fané dans lequel se resserrait cette
belle image d'autrefois.

« Permettez-moi, bonne amie, de vous présenter ma fille. »

La vieille dame regarda Angèle avec une extrême bienveillance, et son visage blême se ra-

nima; elle aimait la jeunesse parce que la jeunesse ne lui donnait que des idées riantes, et
que son esprit, léger en dépit des ans, ne supportait qu'à regret les idées sérieuses ou tristes.

« Ah! chère, vous me l'avez donc enfin ame-
née! Il y a si longtemps que je le désire! Donnez-moi la main, ma belle enfant, j'aime tant les
jolies figures, et les yeux bleus!... Vous savez,
chère, ajouta-t-elle en se tournant vers Mme de
Mély, c'est ma faiblesse : les yeux bleus et la
main petite! Et voici précisément ce que vous
m'avez si longtemps caché. C'est fort mal, je
vous en veux! Vous vous nommez Angèle, chère
enfant?

— Oui, madame.

— Et vous avez seize ans; je sais tout cela.
Vous ne me connaissez pas, mais moi je vous
connais. Vous êtes au bel âge, il faut en profiter
pour vous bien amuser. J'ai été jeune aussi,
moi! »

En parlant, Mme des Étangs jetait un triste
regard sur un beau portrait en pied, sémillant
portrait de femme, dont la fraîche toilette et la
rieuse expression ne rappelaient en rien la pauvre vieille dame. C'était elle pourtant. Angèle,
qui ne s'en fût jamais doutée, crut rêver en entendant ces paroles :

« Voilà ce que j'étais à votre âge : toujours

parée, toujours souriante, ne pensant qu'au
plaisir. Ah! la douce existence! Mon pauvre
pays! On ne faisait pas de mal, on s'amusait,
puis on se reposait pour s'amuser encore. »

Un long soupir termina la phrase, et cette nature, bonne avant tout, affable, sans malice aucune, mais qui n'avait pas mûri, revint forcé-
ment à l'actualité, et dit à Angèle :

« Vous amusez-vous bien, chère belle? quelles
sont vos joies? comptez-moi cela, vous me ferez
passer un bon moment. Ici, tout est si triste! Et
ma pauvre Bathilde mène une si douloureuse
vie! »

Angèle ne savait trop que répondre; sa mère
prit la parole.

« Bonne amie, dans notre pays, et surtout dans
notre milieu, les joies de cet âge sont encore
joies simples, calmes et passagères. Heureuses
d'ailleurs les jeunes filles qui n'en connaissent
point d'autres.

— Oh! vous avez des idées bien graves! Elle
ne s'occupe plus d'études, je l'espère?

— Je vous demande pardon, madame; j'étudie
quelques heures chaque jour.

— Les arts d'agrément?

— Non, l'histoire, la littérature....

— Mais, ma bonne amie, vous ne la rendez
pas heureuse. Jolie comme elle est, elle en saura

toujours assez! Quand on est faite au tour, qu'on
a ces yeux et cette main, et qu'on est destinée à
hériter de cinquante mille livres de rente, il
faut jouir de la vie et ne point s'inquiéter de
l'avenir.

— Chère amie, vous lui faites trop de compli-
ments. Un petit minois de seize ans est toujours
gentil, c'est vrai, en dépit même de son irrégu-
larité : mais Angèle sait le fameux dicton : « On
a peu de temps à être belle, et longtemps à ne
l'être plus. » Quant à la fortune, on ne peut
compter sur rien, surtout dans les temps agités ;
et il faut se préparer aux éventualités par une
éducation forte et des habitudes un peu dures. »

La vieille amie sourit avec finesse.

« Je suis encore battue, dit-elle, toujours
battue ! Vous êtes un Caton. Moi, j'en suis restée
au point de départ ; et toute une vie de décep-
tions, de ruines et de malheurs ne m'a pas ôté
de l'esprit que la jeunesse est la saison du plaisir, et qu'il faut s'arranger de manière à faire
durer cette saison le plus longtemps possible. »

Elle regarda encore le portrait qui lui rendait
ses joyeux souvenirs, et, par un pénible retour
sur le présent, une larme roula dans ses yeux
affaiblis.

« Le croiriez-vous? dit-elle, Bathilde a été
souffrante pour avoir trop travaillé! Cette petite

est toujours assise devant son métier à tapisserie! elle se tuera! Déjà elle n'a plus ce velouté
de la peau qu'à son âge j'avais encore. Ma pauvre Bathilde! Est-ce donc là l'existence que j'a-
vais rêvée pour elle? Quel dommage! avec cette
chevelure riche, ces grands yeux fendus en aman-
de, cette main fine et potelée!... Ah! elle méritait un sort heureux.

— Consolez-vous, elle n'est pas aussi malheureuse que vous le pensez.

— Mais si, elle est malheureuse puisqu'elle ne
va pas au bal, et que moi, autrefois, j'y allais
presque tous les jours.

— Elle ne va pas au bal, mais elle adoucit la
vie de tout ce qui l'entoure; elle est entre sa
mère et vous, ses deux plus grandes affections.

— Tout cela n'est pas amusant; sa mère est
souvent malade; moi, je suis vieille. »

Mme des Étangs sonna, la négresse parut.

« Apporte un goûter, Mira. »

Mira, un instant après, apportait sur un plateau des gâteaux, des fruits et des confitures.
Angèle n'avait pas faim; il fallut cependant accepter quelque chose; refuser c'eût été affliger ce
cœur si vrai, si bon. En Mme des Étangs, l'esprit
seul était demeuré léger et n'avait rien appris à
l'école du malheur.

Angèle s'étonnait devant cette frivolité tardive,

elle était habituée à rencontrer en sa mère une
sagesse de tous les instants, une raison dominant toute sensation. A Guîtres et en Belgique
elle avait trouvé de nouveaux modèles en ce
genre. Ici, au contraire, elle se voyait en face
d'un cœur qui avait pour ainsi dire marché tout
seul, sans jamais demander à la tête une ligne
de conduite.

Aimer, soigner, consoler, être bonne pour
tous, telle avait été l'occupation de sa vie. entière; mais la froide raison n'étant jamais con-
sultée, il en était résulté une suite d'imprudences, d'imprévoyances, d'oublis, une absence
totale de combinaisons, et finalement une déca-
dence complète, une ruine presque absolue,
fruit ordinaire du décousu des idées et du manque d'ordre dans les détails.

Ce cœur parfait avait, tout seul aussi, élevé
une fille douce et aimable, mais disposée à la
résignation plutôt qu'à l'action. Zélia s'était mariée vers l'âge de trente ans, aussi follement
qu'elle eût pu le faire à seize; elle avait épousé
un artiste honorable et pauvre qui lui plaisait,
et à qui elle plaisait; là s'étaient bornés les préliminaires; Mme des Étangs avait trouvé la chose
toute simple, ne voyant là que deux êtres faits
l'un pour l'autre, disait-elle.

Le veuvage tomba comme une plaie affreuse

sur ce foyer nouveau, et, de ce bonheur passager, il ne resta que des larmes et la petite Bathilde. Sur cette enfant devait peser un jour tout le poids de ces deux vies mal calculées. Elle passa son enfance à regarder, son adolescence à comprendre, et quand vint sa jeunesse elle se dit : « Je suis là; c'est pour cette heure qu'il m'a été donné plus de force qu'à celles qui m'ont tant aimée. A moi de faire ce qui n'a pas été fait. »

L'énergie ne manquait pas; Bathilde voulait fortement, et voulait toujours. Ce qui manquait, c'était la direction. Que faire? Son instruction, par défaut de soins intelligents, n'était pas assez complète pour qu'elle en pût tirer parti. D'ailleurs, à dix-huit ans, comment inspirer confiance? Et puis, comment quitter cette mère languissante, et si tendre qu'elle ne pouvait se passer du regard de Bathilde, la seule joie qu'elle eût au monde!

La jeune fille, ayant conçu et arrêté son projet, le soumit à Mme de Mély, qu'elle avait toujours entendu appeler l'amie de la maison, et dont les visites ressemblaient à des apparitions du bonheur, sous la forme de l'amitié.

Il y avait eu un petit complot entre l'amie et la jeune fille; on avait causé, discuté; et, s'appuyant sur le goût artistique que Bathilde tenait

de son père, la confidente avait conseillé de recourir à l'aiguille, mais à l'aiguille intelligente.
Il s'agissait d'étudier les tapisseries anciennes,
et d'apprendre à les réparer, œuvre de goût et
de patience, assez bien rétribuée à Paris. Cette
occupation laissait l'enfant sous les yeux de sa
mère; tout était convenable et facile à exécuter.

La proposition fut faite à la grand'mère et à la
mère et reçue au milieu des larmes.

Bathilde, travailler pour vivre! s'asseoir tout
le jour, comme une ouvrière, devant un ouvrage
appliquant! La mère pleurait, mais se résignait;
l'aïeule ne se résignait pas; cette perspective la
révoltait. Elle comparait sa jeunesse, oisive et
charmée, à la jeunesse de Bathilde, et lui faisait
à ce sujet des raisonnements plus affectueux que
justes, et bien propres à décourager toute autre
nature. Mais là se cachait, sous des traits délicats, un caractère viril.

Bathilde analysait, calculait et prouvait à son
aïeule que la misère s'avançait à grands pas.
Non, bientôt ce ne serait plus la pauvreté, cette
honorable pauvreté des classes élevées qui tombent. Non, la vieille Mira, malgré son dévouement, ne pouvait plus faire ce qu'elle faisait dix
ans plus tôt; ses yeux se refusaient à la couture,
ses jambes faiblissaient. Elle se plaignait rarement, pauvre vieille, et, comme les enfants, en

pleurant et se consolant au moyen du plus petit cadeau. Cependant Bathilde la voyait maigrir et s'attrister; elle ne chantait plus jamais sa chanson favorite, souvenir de son pays. Évidemment elle était surchargée, et Bathilde seule s'en apercevait, car la négresse allait toujours, comme ces montres usées qui marchent encore, mais vont s'arrêter, sans que rien puisse en ranimer le mouvement.

La faiblesse, l'imprévoyance, la tendresse exagérée, tout plia sous la force raisonnée de Bathilde. Ayant employé inutilement la logique, qui n'avait point cours dans ce milieu, elle s'adressa au cœur, persuadant à l'aïeule qu'elle voulait se dévouer à sa mère, et persuadant à la mère qu'elle voulait se dévouer à l'aïeule. Ce moyen réussit en partie; et, pour couronner l'œuvre, la jeune fille recourut encore à la sage et affectueuse influence de l'amie de la maison.

Tout s'arrangea. Mme de Mély se chargea des démarches et des premiers frais; et un jour, Bathilde, le visage grave, mais le cœur content, s'assit sur sa chaise basse, dans sa petite chambre, prit son aiguille, et se dit : « Je vais donc leur être utile ! »

Oui, elle était utile; ayant acquis, par son goût naturel et un peu d'étude, un véritable talent, de grandes maisons lui confiaient des tapis-

series de valeur, et, dans l'étroit appartement de
la rue du Cherche-Midi, la misère n'était pas
entrée. On avait pu satisfaire jusqu'à un certain
point les innocents caprices de l'aïeule; ne pas
lui laisser mesurer une trop grande distance
dans les détails entre *autrefois* et *aujourd'hui*.
On pouvait aussi donner à la douce et calme Zélia les soins que réclamait sa constitution faible,
rendue maladive par le chagrin. On pouvait
enfin soulager la vieille Mira, la décharger en
lui procurant un peu d'aide, au moyen d'une
femme du dehors appelée quand l'ouvrage pressait. L'aiguille artistique faisait tout cela, ajou-
tant au mince revenu de la famille, jadis opu-
lente, juste ce qu'il fallait pour qu'on ne man-
quât de rien. En faisant pénétrer Angèle dans
cet intérieur à part, Mme de Mély lui donnait
une grande leçon. Il était donc possible qu'une
jeune fille, destinée à porter le titre flatteur d'hé-
ritière, tombât dans la pauvreté? De cela, Angèle ne se doutait point; elle croyait que ces
grandes chutes n'étaient que des fictions propres
à jeter de l'intérêt dans les livres. Il était donc
encore possible à cette jeune fille de sauver à
ses parents les privations réelles et les dernières humiliations; de leur donner même un sem-
blant d'aisance, quoique sous des formes suran-
nées. Angèle apprit toutes ces choses par la

conversation qui s'établit entre sa mère et
Mme des Étangs, dont le cœur expansif disait
volontiers, et se soulageait ainsi de ses peines.

« Oui, voilà l'existence de ma petite-fille : aller
à l'église chaque matin, c'est son bonheur, son
pain quotidien, son repos; se mettre au travail
aussitôt après son déjeuner; aucun plaisir vif,
point d'élégance, point de lectures inutiles ; une
promenade le dimanche avec sa mère, quelques
visites de nos anciens amis dont les rangs s'é-
claircissent. Quant aux nouvelles connaissances,
on n'en fait pas dans notre position. La seule
joie qui nous vienne du dehors, ma chère Angèle, c'est l'affection de votre mère. Cependant,
je lui en voulais un peu de ne pas vous amener
voir Bathilde.

— Bonne amie, Angèle, d'ailleurs fort occupée
de ses études, était trop jeune pour profiter de
la société de votre chère enfant. Maintenant, elle
est raisonnable; et, depuis quelque temps surtout, je le dis à sa louange, son jugement s'est
tellement formé que je me suis décidée à la mettre en rapport avec Bathilde; celle-ci, malgré la
différence d'âge, la regardera, je l'espère, comme
une amie?

— En auriez-vous pu douter? »

Mme des Étangs sonna; la négresse arriva,
traînant la savate, car c'était la faiblesse de

Mira; on avait beau lui donner des souliers, elle
venait à bout de leur imposer la forme préférée.
Mira reçut l'ordre d'appeler mademoiselle, et,
quelques minutes après, on vit entrer la jeune
fille, brune, svelte, distinguée; sans hardiesse,
ni timidité, le pas bien assuré, le regard plus
ferme que doux, et déjà quelque chose de sérieux au front.

La connaissance se fit pendant qu'on s'em-
brassait. Bathilde avait pour la mère un attache-
ment plein de reconnaissance, qui la disposait
en faveur de sa fille. Cette réception fut assez
cordiale pour diminuer la distance d'âge. Huit
années de plus, la gravité du caractère, et l'op-
position du genre de vie, c'était assez pour inti-
mider Angèle; néanmoins, elle surmonta ce
premier moment d'embarras, et suivit volontiers
Bathilde quand, après un quart d'heure de conversation générale, celle-ci lui dit de ce ton aisé,
né de la dignité personnelle :

«Chère mademoiselle, j'ai de l'ouvrage pressé,
il me faudra veiller ce soir; voulez-vous bien
venir dans ma chambre? nous causerons tout à
notre aise, et en même temps je travaillerai. »

Les deux mères restèrent seules à parler des
enfants, c'est la note de repos sur laquelle on retombe toujours. La bonne Mme des Étangs en-
tremêlait à l'entretien ses anciens souvenirs, et

le puérile récit des joies de ce temps qu'elle appelait sa splendeur. C'était en elle un besoin, et elle vivait beaucoup plus dans le passé que dans le présent.

Entrons, avec les nouvelles amies, dans ce que Bathilde intitule sa chambre. Ce n'est qu'un cabinet carré, bien éclairé; une table à ouvrage, deux chaises de paille, une commode supportant les ustensiles de toilette, quelques jolies gravures appendues aux murailles, et pas un grain de poussière; c'est la coquetterie de la jeune fille, et comme ce n'est pas celle de la négresse, il s'en faut, Bathilde, moitié pour soulager la pauvre servante, moitié pour sa propre satisfaction, s'est réservé le droit d'entretenir une propreté parfaite dans son étroite solitude. Pas une ménagère belge qui pût y trouver à redire; et pourtant elles sont bien habiles! Angèle le savait.

« Où donc est votre lit, mademoiselle?

— Je n'en ai jamais eu. Maman aime à me voir dormir à côté d'elle, comme étant enfant, et je lui donne cette joie; nous vivons ensemble le plus possible; tout ce que nous avons est commun à l'une et à l'autre; enfin tout se fait *à la créole.*

— Et c'est ici que vous travaillez?

— Oui, en laissant ouverte la porte qui donne

dans la chambre de maman. Située sur une cour
fort resserrée, cette chambre n'est pas assez
éclairée pour que j'y puisse rassortir ces nuances
douteuses, ces tons faux et fanés, dont se composent les tapisseries anciennes.

— Ah ! mademoiselle ! que vous avez de courage !

— Un courage né des circonstances ; Dieu le
donne toujours quand on le lui demande. Vous
ne sauriez croire combien paraissent simples les
actes que le devoir indique, et que le cœur, à
lui seul, aurait proposés.

— Comment avez-vous pu vous décider ?

— C'était l'unique difficulté : une fois la déci-
sion prise, à force de réflexions et de tristes regards sur le présent et surtout l'avenir, je n'ai
plus eu besoin que d'être aidée et dirigée ; c'est
ce qu'a fait, avec le plus affectueux dévouement,
votre excellente mère. Qu'elle a été bonne pour
moi !

— Les commencements ont dû être bien
durs ?

— Il y a eu un moment affreux.... J'avais dix-
neuf ans, et le malheur m'en donnait davantage.
Toutes les démarches étaient faites et avaient
réussi ; mon parti était pris, j'allais travailler
pour aider mes parents. Mais j'étais, de toute ma
famille, la première femme réduite à dépendre

jusqu'à un certain point des étrangers, à accepter des devoirs à jour fixe, des fatigues à contre-temps, et toutes ces amertumes, sans forme et sans nom, que ne voient, ni même ne soupçonnent, ceux qui ne les sentent pas. La nuit qui a précédé mes premiers pas dans cette voie sévère, je l'ai passée dans les larmes; c'était de la faiblesse, j'espère que le bon Dieu ne s'en est pas offensé. Je regrettais instinctivement tout ce qui allait m'être interdit; je disais adieu à cette innocente liberté, qui nous laisse du moins le choix de nos actions, de nos heures, je dirai presque de nos ennuis; on souffre de bien des choses, mais on est indépendant, tout se passe en famille.

— Oh! je vous comprends bien!

— Vous me comprenez, Angèle?... Je ne puis pas vous appeler mademoiselle, j'aime trop votre mère! »

Ces mots, accompagnés du plus joli sourire, achevèrent de mettre la visiteuse à l'aise, et elle osa questionner:

• Cette grande tristesse n'a pas duré?

— Non. Il y a dans toute souffrance une grâce, un secours suffisant pour celui qui ne se détourne pas. A peine avais-je travaillé pour ma mère et ma grand'mère, et déjà je sentais en moi une paix, un contentement, un ensemble de sen

sations que vraiment je ne saurais traduire, sinon
par le mot bonheur.

— Bonheur?

— Cela vous étonne? Vous confondez peut-
être ces deux mots : *jouissance* et *bonheur?*

La jouissance se compose à grands frais; mais
le bonheur se compose de *tout.*

— Que vous me surprenez! Quoi, vous pourriez vous estimer relativement heureuse, malgré
cet assujettissement, cette monotonie?...

— Oui. Au fond de tout cela, il y a un sentiment profond que je dois sans doute à la bonté
de Dieu, et qui suffit pour que je ne sois pas
malheureuse. Et puis, comme en toute autre
existence, j'ai des jours à part, des heures bé-
nies! Oh! si vous saviez ce que j'ai éprouvé
quand, au milieu de la gêne où nous étions, et
dont ma pauvre grand'mère, affaiblie et ennemie
de tout calcul, ne se rendait pas bien compte, je
me suis trouvée tout à coup à la tête d'un billet
de cent francs, gagné péniblement par mes premiers travaux. Je le tenais dans ma main, ce
billet, je le dépliais, je le regardais, je faisais
des combinaisons à perte de vue, pour arriver
à en tirer des merveilles. Ah! si vous aviez vu
l'attendrissement de ma chère maman, si bonne,
si aimante! Elle me pressait contre son cœur
avec une joie mêlée d'affliction, parce que, di-

sait-elle, ce petit trésor que j'avais acquis laissait sur mes joues un peu de pâleur; pauvre mère!

— Oh! mademoiselle, comme nos mères nous aiment! Je ne l'ai bien compris que depuis peu de temps. Et ce billet de cent francs? Parlez-moi encore; vous me faites du bien.

— Ce billet de cent francs fut l'objet de mes rêveries pendant la semaine entière. Enfin, je me décidai toute seule à l'employer de la manière que je crus être la plus utile.

— Pourquoi vous décider toute seule?

— Parce que je suis trop aimée ici. Tous ces cœurs déraisonnaient. Ma grand'mère voulait une toilette pour moi, afin que je pusse, disait-elle, avoir la jouissance de me voir regarder avec envie par les jeunes filles de mon âge. Ma mère aurait désiré que je misse mon argent dans un tiroir, pour m'en servir dans un moment d'embarras, et que je restasse à ne rien faire pendant un mois pour me reposer.

— Comment avez-vous pu vous tirer de ces difficultés?

— Toujours avec l'aide de votre bonne mère, qui sait tout, qui comprend tout, et dont les conseils m'ont été si utiles. D'abord, j'ai eu le bonheur d'offrir à ma grand'mère ce fauteuil, large et commode, dans lequel vous l'avez vue.

— Il a dû coûter bien cher?

— Non; c'est ce qu'on appelle *une occasion*, et cette occasion, c'est votre mère qui me l'a indiquée. Après avoir payé ce fauteuil cinquante-cinq francs, j'ai fait de nouveaux plans, relativement à l'emploi des quarante-cinq francs qui me restaient. Ces quarante-cinq francs ont produit plusieurs améliorations qui ne se remarquent pas, mais dont nous jouissons tous les jours; entre autres, la lampe du salon, dont l'abat-jour de porcelaine laisse la lumière égayer la pièce, et repose en même temps les yeux de ma grand'mère, toujours fatigués par l'éclat des bougies; une bonne chancelière bien chaude, pour maman si frileuse! quelques bouteilles de vin de Bordeaux pour fortifier son pauvre estomac, chère petite maman!

J'ai voulu aussi donner un rien à Mira, sur le peu qui me restait de mon premier gain; vous ne devineriez jamais ce que je lui ai donné?

— Non; je n'en ai pas la moindre idée.

— J'ai commencé par la consulter, afin d'être sûre de satisfaire son goût, et elle m'a répondu comme une vieille enfant qu'elle est :

— Ah! tite mamselle, du *suc* pour moi manger!

— Vraiment?

— Et je lui ai donné deux livres de sucre; elle

l'a cassé en petits morceaux, et mangé toute la
journée en faisant son ouvrage; le soir, elle en
mettait sous son traversin!

— Quel enfantillage! Elle paraît pourtant bien
âgée?

— On dit toujours que les négresses n'ont pas
d'âge. En effet, on ne sait quel âge leur donner.
Il est certain que, au moral et au physique, on
est étonné de les voir si peu vieillir. Mais à côté
des petits travers qui tiennent à sa race, si vous
saviez ce que Mira est pour nous! quelle sûreté!
quelle affection! Comme nos intérêts sont réellement les siens! Il n'y a en elle que des défauts
d'enfant. Quand elle fait mal, on la gronde, et
aussitôt elle obéit, même à moi qu'elle a vue
naître.

— Il me semble que le service d'une négresse
doit être bien incomplet?

— Sans doute; Mira ne s'est jamais formée aux
usages adoptés en France, mais nous n'y tenons
pas, nous vivons tout simplement *à la créole;*
c'est si bon, le cœur tient tant de place!

Mira a des entêtements puérils, des idées
étroites et parfois ridicules, des superstitions
stupides; mais, pauvre femme, on peut bien lui
passer ces faiblesses d'esprit, quand on la voit
se fatiguer d'un bout de l'année à l'autre, pour
que rien ne soit en souffrance autour de nous,

et pour nous éviter quantité de ces menues dépenses qui finissent par faire une somme. Mira
se fâche quand on l'empêche de blanchir ou de
repasser jusqu'à dix heures du soir; elle va à la
halle toutes les semaines, malgré la distance, et
de son plein gré; et elle est bien fière quand elle
rapporte à ma grand'mère un beau poulet, seule
viande qui lui soit agréable.

C'est le fond du cœur qui est à nous. Mira sait
parfaitement qu'elle est libre et peut gagner de
l'argent en servant d'autres maîtres; mais elle
nous aime; ce qu'elle demande, ce n'est pas de
l'argent, c'est de ne pas changer d'entourage et
d'habitudes; de partager notre vie, de se regarder, quoique à un degré inférieur, comme de la
famille. Elle sait bien que jamais elle ne man-
quera du nécessaire, et que si nous n'avions
plus qu'un morceau de pain, nous le mangerions
avec elle.

— Vous l'aimez beaucoup, je le vois.

— Comment ne pas l'aimer? Je l'ai vue toujours, et toujours bonne; c'est elle qui soulage
maman dans ses pénibles langueurs, consé-
quences de sa nature nerveuse. La négresse se
met à genoux près du lit, passe et repasse cent
fois sa bonne main noire sur les membres de ma
mère, et le spasme disparaît. Si c'est la nuit que
nous souffrons, Mira ne veut pas dormir, et son

Elle est bien fière quand elle rapporte un beau poulet. (Page 212.)

esprit, inventif sur ce seul point, trouve moyen
de nous soulager. Oh! vous ne savez pas, Angèle, ce que c'est qu'une bonne vieille négresse
qui aime ses maîtres; ils sont tout pour elle et
il y a dans sa fidélité quelque chose de semblable
à la fidélité d'un bon chien qui ne comprend pas
son maître en tout, mais assez cependant pour
lui sauver la vie. Oh! oui, j'aime Mira; j'aime
tout ici, même cette petite chambre qui en elle-
même est assez laide, et de beaucoup trop
étroite.

— Alors, qu'est-ce que vous en aimez?

— J'en aime le silence et les souvenirs. C'est
là que j'ai joué étant enfant, que j'ai pensé en
grandissant, que j'ai souffert et prié. Angèle, ma
petite chambre, c'est mon amie, et si vous en-
tendiez le langage de ces murs si rapprochés,
ils vous diraient que Bathilde ne se plaint pas,
qu'elle n'est pas malheureuse, et que même elle
compte déjà bien des jours de bonheur.

— Bien des jours de bonheur?

— Oui, le bonheur a tant de formes!

— Ah! mademoiselle Bathilde, que vous me
faites de bien! Vous me mettrez, n'est-ce pas,
au nombre de vos amies, malgré mes seize
ans?

— N'êtes-vous pas la fille de la personne que
j'aime le plus au monde, après mes parents?

J'ai toujours désiré vous connaître; on me disait que vous ne faisiez pas encore de visites, et je me résignais à attendre. Maintenant, la glace est rompue; vous le voyez, j'ai causé avec vous comme avec une amie de mon âge.

— Oh! j'en suis bien reconnaissante!

— Promettez-moi que cet hiver, quand vous aurez repris vos habitudes parisiennes, vous accompagnerez quelquefois votre mère lorsqu'elle vous dira : je vais rue du Cherche-Midi.

— Je le lui demanderai, et elle ne me refusera pas ce plaisir.

— Nous causerons comme aujourd'hui ; je vous raconterai mes petites joies, et vous me direz les vôtres, vous qui êtes si heureuse.

— Si heureuse? Je ne m'en suis jamais douté, si ce n'est depuis deux mois.

— Vraiment? d'où vient cela?

— Je vivais en moi-même, je ne m'occupais que de moi, et je me figurais que le bonheur se composait de tout ce qui n'était pas à ma portée.

— Le bonheur, Angèle, ressemble à ces baumes qui engourdissent la douleur, et se composent d'une quantité de simples donnant chacun son arome, et dont la foule sait à peine les noms. Croyez-moi, quand on vit beaucoup moins pour soi que pour d'autres, et que Dieu est au fond de tous les dévouements, on est sur la voie du bonheur.

— Vous y êtes, mademoiselle Bathilde, et j'y suis aussi maintenant. »

Angèle retournait par la pensée à Guîtres, en Belgique, et, mêlant ses souvenirs de voyage à ce qu'elle voyait au moment même : « On est facilement heureux, se dit-elle une fois de plus, quand on n'est pas égoïste. »

La mère de Bathilde rentrait, et venait embrasser la visiteuse si longtemps attendue. C'était une de ces femmes petites, minces, frêles, qu'un souffle tuerait, et que cependant rien ne tue, à moins qu'on ne touche le cœur. La joie qu'elle eut de voir Angèle, la fille de l'amie de la maison, se traduisit par une étreinte presque maternelle, et la jeune fille vit bien qu'on l'avait aimée de tout temps dans ce lieu où la sagesse de sa mère l'avait conduite à l'heure propice.

Peu communicative, Angèle sentait qu'elle le deviendrait davantage au contact de Bathilde et de sa tendre mère; il y avait là tant de bonhomie, une absence si complète de phrases et de vaines démonstrations. Tout était vrai; c'était le cœur, et Bathilde y joignait une haute raison, ce qui faisait d'elle une fille accomplie. Angèle la regardait avec une sorte de respect. Ce n'était plus,

comme l'aimable Éline, une compagne préférée ;
c'était un modèle de vertu cachée et d'humbles
mérites.

Le soir, Angèle demeura longtemps assise à
côté de sa mère, et causant avec elle des impressions du jour.

« Je t'ai montré Bathilde, mais tu ne la con-
naîtras bien qu'à la longue. Tu apprécieras ce
qu'il faut de mesure, dans ce petit intérieur, pour
ménager le caractère de l'aïeule, la tendresse inquiète de la mère, et la laborieuse vieillesse de
l'ancienne esclave qui, n'ayant jamais trouvé
dans ses maîtres l'abus ni la brutalité, s'est faite
leur amie, ou pour mieux dire leur dévouée enfant. »

Angèle remerciait sa mère de lui avoir tenu
en réserve cette jouissance très-délicate, qui con-
siste à voir de près une belle âme, et à se sentir
aimée par elle.

« Merci, merci, chère maman !

— Et mes perles ? Quand donc m'en donneras-
tu ?

— Maman, il y en a déjà beaucoup à Voxal,
dans le petit tiroir ; vous verrez.

— Mais je ne verrai rien, tu gardes la clef.

— C'est pour mieux vous surprendre. Je vous
la donnerai, cette clef, le jour de l'arrivée
d'Éline.

— Ah ! pour ce jour-là, j'aurai une perle blanche?

— Et pour aujourd'hui aussi, maman; ce que j'ai vu est si beau !

CHAPITRE XIII

Mademoiselle Seconde se met en route.

Une véritable révolution! Elle était aux abois,
cette excellente personne, et ne savait par où
commencer ses préparatifs de voyage. Jamais
pôle Nord ni pôle Sud ne seront cause d'une
aussi vive émotion. Elle courait d'un bout de sa
chambre à l'autre, faisant des petits pas à la
centaine, et ne se rappelant jamais ce qu'elle
était venue chercher. Elle avait tant ouvert et
fermé ses tiroirs, et si bien secoué le contenu,
qu'elle-même n'avait plus conscience de ses
mouchoirs de poche et de ses paires de bas. Elle,

lo rangement personnifié, dérangeait sans désem-
parer, no laissant point entrevoir lo terme de
cet état devenu chronique. Le cousin Darligues
montait do temps en temps, et venait lui rappeler la funeste date do son départ.

C'est donc bien vrai; Mlle Seconde, qui no vit
quo par ses habitudes, qui no peut retrancher do
son genre d'existence un iota sans gémir, va se
laisser emmener au loin ! Quelle invention ! La
singulière idée ! Elle ne saura que devenir chez
ces étrangers ; ello qui a besoin de tant de
choses, non pour être heureuse, car elle ne l'est
pas, mais pour quo son esprit ne soit pas effa-
rouché, troublé, hors do son assiette. Il lui faut
sa chambre, et non pas une autre ; elle a été
longtemps à s'y faire, cette chambre étant toute
en longueur tandis que celle du temps passé
était plus large quo longue ; mais les yeux se
sont peu à peu familiarisés avec ces dimensions
nouvelles ; bref, on no peut plus vivre quo là ;
il est indispensable de trouver son secrétaire ici,
sa commode en face et son lit dans ce sens. Si
les rideaux cessent d'être bleus et le couvre-
pieds d'être brun, tout est perdu.... et voilà qu'il
s'agit d'aller passer quinze jours à Voxal, juste
le temps do se morfondre en vains regrets.

Pour se distraire, elle piétine sans fin, et no
parvient pas à remplir cette malle qui partage

son sort, et va être lancée sur la voie ferrée,
détestable trouvaille des modernes. Que n'en
sommes-nous encore à cette heureuse époque où
le roi ne sortait point parce que la reine avait
disposé du coche! En ces temps fortunés, n'ayant
pas à sa portée tant de moyens de pérégrination,
on ne *pérégrinait* point ; la cousine eût créé ce
verbe !

Alea jacta est, disait gaiement M. Dartigues ;
nous partons, ma chère Seconde, et vous partez
avec nous ; à moins que vous ne préfériez
rester.

Aussitôt qu'on parlait de Charybde, elle se
jetait en Scylla. Ah ciel ! Vivre quinze jours dans
cette grande maison, seule avec Claudine ; errer
entre ces hauts murs, pendant que la cuisinière
irait faire ses courses? Être là pour faire face
aux trois éventualités : voleurs, incendie, et
révolution? Non, mieux vaut partir, elle partira.

Parfois, Gonzague entrait dans sa chambre
pour faire quelque commission ; par exemple
rapporter le parapluie qu'il plantait n'importe
où, le malheureux ! oubliant que sa place était
pour toujours dans l'angle à gauche de la fenêtre. Lorsque le petit garçon arrivait, animé
des meilleures intentions, Mlle Seconde cessait
ses préparatifs, et s'assoyait, les mains join-

tes, pour ne plus faire autre chose que de le
surveiller. Le caractère du petit homme était si
différent du sien ! pas l'ombre de rapport; Gonzague n'avait qu'une seule habitude, mettre tout
sens dessus dessous.

La bonne Éline, elle aussi, s'occupait du
voyage, mais c'était d'une autre façon; ce que la
cousine faisait avec les pieds tout seuls, Éline le
faisait d'abord avec la tête, excellente méthode.
Penser, prévoir et ne rien oublier, voilà ce qui
fait une malle plus vite que trois cents petits
pas. Afin d'éviter à sa mère toute fatigue, elle se
chargeait de mille soins minutieux, et mettait
toute son attention aux détails.

Enfin arriva ce beau jour où l'on devait voir
le soleil se lever à Guîtres et se coucher à Yoxal.
La tribu se mit en marche vers la tente des
amis; et, sans la figure résignée de la cousine
qui s'immolait, on eût pris ce départ pour ce
qu'il était, c'est-à-dire pour un voyage d'agrément. Malheureusement, c'était une journée de
septembre qui ressemblait aux journées d'août;
il faisait chaud, très-chaud; chacun pensait qu'il
allait cuire; c'est ce qui eut lieu en partie ;
néanmoins on garda de son premier état la force
de réagir, et il y eut de bons rires, sous l'étouf-
fement général.

Mlle Seconde, à qui l'on avait réservé la meilleure place en wagon, manqua pourtant dix fois mourir; c'était son état normal en voyage, un vice de constitution. Tout le jour occupée à s'éventer d'une main et à chasser de l'autre une mouche qui allait aussi à Voxal, elle avait en outre à se préoccuper fortement des chauffeurs, de la chaudière, des rails, des rencontres, des tunnels, et de cent autres choses, toutes ennuyeuses. De là, cette figure bouleversée, ces yeux démesurément ouverts, cette bouche aux coins tombants, symbole de la tristesse à perpétuité.

Éline était si bonne qu'elle osait à peine se livrer ostensiblement à la joie dont son âme était pleine. Affectueusement penchée vers Mlle Seconde, elle lui disait souvent quelques mots, bien bas, calmant ainsi pour un quart d'heure les angoisses de la voyageuse; c'était ce que voulait sa charitable compagne, qui recommençait à chaque instant son travail de Danaïde.

De peur en peur on fait beaucoup de chemin. Voilà un bouquet de bois, un clocher, une petite rivière, c'est le village de Voxal que domine un élégant château moderne, de l'aspect le plus riant. C'est là qu'on est attendu, c'est là que de bons cœurs se disent joyeusement: Aujourd'hui, à telle heure, les amis vont venir.

Éline veut descendre la première pour empêcher Gonzague de se casser la tête, si c'est possible, et pour tendre une main secourable, et
même deux, à la tante Seconde.

C'était le plan ; mais Gonzague, sans prévoir
la onzième claque que son père tient en réserve
pour lui, se glisse entre les voyageurs, et va
tomber de tout son poids sur le pied de Mlle Seconde, qui ne voit plus rien sur la terre, absor-
bée par cette douleur aiguë que nous sentons au
petit doigt, quand un gros soulier masculin
nous attaque par ce côté.

Explosion de blâmes et de plaintes ; lamenta-
tions piteuses, retard imposé à toute la colonie....
« Pan ! Tiens, tu te souviendras de celle-là ! »
Ainsi parla M. Dartigues, et Gonzague, se frottant la joue, comprit alors seulement qu'il avait
fait une sottise.

« Je ne l'ai pas fait exprès, papa.

— Petit sot ! je t'ai déjà défendu cent fois
de me dire cela. Mais, malheureux, si tu
l'avais fait exprès, je t'aurais jeté par la por-
tière. »

Cet argument convainquit le petit garçon de
sa culpabilité ; et comme il avait bon cœur, il se
mit à pleurer en voyant que Mlle Seconde ne se
consolait pas, continuant de se secouer sur sa
banquette, se baissant, se frottant, gémissant et

ne pensant plus à descendre. Une voix stridente
mit fin à cette triste pantomime, en annonçant le
départ du train, et Mlle Seconde, se voyant déjà
emportée on ne sait où, sauta lestement du wagon comme si le pauvre petit doigt n'eût été
maltraité qu'en songe.

Alors, la scène des colis. Mlle Seconde frémissait, croyant déjà voir sa malle filer jusqu'à
Paris, tumultueux abîme où tout s'engouffre
pour jamais. La malle ne fila point, mais prit
place, en compagnie de plusieurs autres, dans
un char à bancs et s'en alla tout simplement
au château, pendant que les amis tendaient les
bras aux voyageurs, et les emmenaient comme
en triomphe. On avait à faire cent pas, juste le
temps de se dire bonjour.

Gonzague était stupéfait. Il regardait cette
belle campagne, et prenait possession de cet
ensemble joyeux qui s'appelait Voxal. En le
voyant marcher presque gravement, on eût pu
le croire malade ou converti. Ni l'un, ni l'autre.
Sa mine était celle d'une cerise de Montmorency,
et la malice, endormie pour une heure, allait se
réveiller, secondée par cette maladresse notoire
qui doublait en toute circonstance la gravité des
méfaits.

On monte les marches du perron : un beau
vestibule reçoit d'abord les arrivants, offrant

l'hospitalité aux cannes, parapluies, sacs de voyage, etc., etc. Mme Dartigues mère, traitée avec tout le respect dû à son âge, est introduite dans le salon; on s'empresse autour d'elle, on la remercie d'être venue, comme si ce n'était pas pour elle un plaisir; on parcourt tous ensemble ce superbe rez-de-chaussée. Les enfants se hâtent de reconnaître le pays; ils ont tout vu, tout compris, pendant que les grandes personnes cherchent encore à s'orienter.

La petite Rosa a déjà remarqué le grand tableau de la salle à manger: deux bons chiens du mont Saint-Bernard, dont l'un dort et l'autre écoute; elle reste ébahie devant ce tableau, jusqu'à ce que son petit frère Xavier lui montre, comme plus intéressant encore, un beau perroquet trônant, d'un air grave, à l'extrémité d'un perchoir. Xavier s'arrête là; à peine aperçoit-il les vieux chênes du parc, les bouleaux, les arbres verts, les allées tournantes, l'épais ombrage qui cache la glacière, la jolie rivière artificielle que dominent des rochers factices, à travers lesquels l'eau retombe, tantôt pleurant et tantôt bouillonnant. Non, Xavier ne voit que Jacquot. C'est Jacquot qui pour le moment remplit Voxal.

L'enfant est soutenu dans son admiration par son tout petit frère, le bébé. Mariette, qui le tient

Mlle Seconde frémissait. (Page 227.)

dans ses bras, assure qu'il aime les perroquets par-dessus tout. La bonne fille a fini par s'asseoir en face de *sa majesté*, qui daigne lui adresser la parole; et, bien que le discours ne signifie pas grand'chose, elle rit aux éclats et se promet du bon temps à Voxal.

Deux cœurs se sont cherchés tout d'abord; Éline et Angèle ont tant de choses à se dire! Cependant, les lois de l'hospitalité, les plus généreuses des lois, imposent aux châtelains le soin de tous, et leur interdit l'exclusion. Angèle fait attention à chacun, est aimable pour les parents, pour les enfants; pour François, le collégien en vacances, qui dévore des yeux l'espace, et se réjouit à l'idée qu'il va remuer tout à son aise.

Angèle fait ce qu'elle peut pour se rendre agréable, car maintenant elle pense aux autres; mais c'est surtout de Mlle Seconde qu'il faut s'occuper. Depuis que les terribles wagons sont partis, le petit doigt est revenu! Et puis, que faire de son sac de voyage? Bien qu'il soit un peu plus lourd qu'elle, la cousine le traîne d'un lieu à l'autre, et paraît dans l'intention de perdre la vie plutôt que de le lâcher. M. Dartigues s'est risqué deux fois; mais, repoussé avec perte, il s'est sauvé pour dérober ce petit éclat de rire qui fait pendant aux claques destinées à Gonza-

gue ; il ne peut retenir ces deux expansions
quand il a affaire au petit garçon ou à la cousine.

M. de Mély s'est aussi montré fort empressé à
l'endroit du sac de voyage, bourré à plaisir, et
fermant tout juste. La voyageuse, intimidée par
la politesse du maître de maison, de si bonne
humeur pourtant, n'a pas lâché le sac ; mais en
se reculant, elle a ébranlé une console supportant des potiches, et du même coup ravivé les
fâcheuses sensations du petit doigt.

Donc, nul ne songeait plus à s'occuper du sac ;
c'était un point trop délicat ! Angèle, sur un
regard de son amie, proposa à la préoccupante
cousine de la conduire dans sa chambre. C'était
tout ce qu'elle désirait, la pauvrette, se souciant
peu du rez-de-chaussée, du parc, des chiens et
de Jacquot.

On monta le premier étage d'un bel escalier,
dont les proportions grandioses laissaient admirer la rampe, faite d'après les dessins de Mme de
Mély ; Mlle Seconde ne vit que son sac de voyage,
bien entendu.

La chambre où Angèle l'introduisit faisait partie d'une tourelle, et par suite ne se trouvait hélas! ni longue, ni carrée. Il s'ensuivit perturba-
tion totale !

Où se mettre ? et comment vivre là ?

Il est vrai que le goût et l'intelligence pratique
ont présidé à l'agencement du lieu. Il est vrai
que l'espace a permis de placer le lit, de forme
antique, la tête au mur, à la façon de nos pères
du seizième siècle. C'est précisément ce qui, au
dix-neuvième, achève de décontenancer Mlle Seconde. Dormira-t-elle?... Non, certainement.
Est-ce qu'on dort quand on n'a pas à sa droite
un gros mur? Quand on se sent dans le vide, et
qu'on voit tout autour de soi des meubles style
renaissance? Plus il y a de François Ier et
d'Henri II dans cette malencontreuse tourelle,
et moins sont satisfaits les yeux anti-artistiques
de la prosaïque Seconde.

Elle regarde tristement ce vieux bahut, dans
lequel Angèle assure que le fameux sac de
voyage pourrait trouver place en attendant. En
attendant quoi?... Seconde n'a d'autre désir que
d'ouvrir sa malle, son sac, et de ranger. Cette
absence étant pour elle la plus gênante des aventures, elle ne s'en consolera qu'en rangeant, et
rêvant au départ qui, après une autre journée de
supplice, lui rendra enfin ses habitudes et son
gros mur à droite.

A son air interdit, Angèle comprit qu'on faisait un quiproquo. Mme de Mély avait assigné
cette jolie résidence à la cousine comme étant de
tout le château la plus riante, donnant sur la

cour d'honneur, et sur un paysage accidenté qui
formait un magnifique panorama... Peine perdue!
Cette figure attrapée excita la compassion d'Angèle, et ayant causé avec Éline, il fut convenu
qu'on offrirait, à la place de cette charmante solitude, une chambre petite et modeste, mais dont
le lit à droite, la classique commode avec poi-
gnées aux tiroirs, et tout l'ameublement laisse-
raient du moins son habitante en plein dix-neuvième siècle. Cela se fit ainsi, et Éline en fut
bien contente, car elle se reprochait toute jouissance quand autour d'elle quelqu'un souffrait, à
tort ou à raison.

Les deux jeunes compagnes, après s'être occupées des autres, se cherchèrent et se rencontrè-
rent. Heureux le cœur qui rencontre celui d'une
amie au détour d'une allée ombreuse, où plus
rien n'interrompt l'épanchement, où toute préoccupation s'arrête, où l'on peut regarder au
fond de la pensée d'une autre, sans que rien
trouble le silence, sinon la voix aimée et le chant
ou le vol d'un oiseau.

Angèle prenait possession de ce don de Dieu
qu'on appelle une amie, et qu'elle n'avait encore fait qu'entrevoir. Elle était maintenant capable de comprendre ce qu'il y a de douceur et de sûreté dans l'union des âmes qui
ne s'enferment pas en elles-mêmes, comme si

le monde finissait au mur qui clôt leur demeure.

En se promenant sous les tilleuls, elles se racontaient ce qui s'était passé depuis le lendemain de la fête-Dieu, jour où l'on s'était quittées. Éline parlait de Mathurin et de Jean-Pierre, de sa loterie, de son joli rêve champêtre, qui pouvait faire le bonheur des braves gens de la masure. Angèle, de son côté, racontait l'histoire de la vieille jardinière, et redisait avec attendrissement ce mot du bon Gervais : « Ah! mademoiselle, vous me l'avez sauvée !

— Ce jour-là a produit une perle blanche, n'est-ce pas Angèle?

— Oh oui, il y en a eu plusieurs pendant que je soignais Gertrude. J'étais tout à fait sortie de moi-même et de mes petits ennuis. J'avais l'âme soulevée par des pensées d'un ordre supérieur. Je montais, je trouvais Dieu au fond de tous mes actes. Oh oui, Éline, j'étais heureuse, d'un bonheur sans plaisir il est vrai, mais plein de jouissances délicates et réelles.

— Et depuis ?

— Depuis, maman continuant son cours m'a fait pénétrer dans un intérieur que je ne connaissais pas. Là, j'ai appris ce dont je n'avais aucune idée; j'ai vu le dévouement absolu et de tous les jours; le travail, l'assujettissement, et,

au fond de l'âme, une sérénité pieuse, aimante
et résignée, qu'à certains jours on peut encore
appeler bonheur.

— Chère Angèle, votre mère a mis le doigt
sur la plaie; c'est le privilége de ces bons anges
de la terre qui veillent sur nous, car Dieu donne
à la mère ce qu'il faut à l'enfant. Vous com-
mencez à juger, par vous-même, qu'exiger pour
être heureuse un ciel sans nuages, ce serait une
imprudence....

— Et même une ingratitude. Oh oui, chère
Éline, le bonheur est beaucoup plus au dedans
qu'au dehors; je le vois.

— Oui, croyons-le, Angèle, c'est surtout dans
l'état de notre âme, plus ou moins fidèle à Dieu,
plus ou moins dévouée au prochain, que réside
le bonheur. »

Éline allait parler encore lorsqu'un bruit
d'eau détourna l'attention des amies. Il y avait
non loin des tilleuls un grand bassin octogone,
dont un jet d'eau faisait l'ornement ; et, sur une
hauteur, un robinet entouré de maçonnerie, robinet que le jardinier seul faisait mouvoir sur
un ordre du maître. Alors le jet s'élevait à cinq
ou six mètres, retombant en flots d'écume blanche. Quand un rayon de soleil se jouait sous cette
écume, la lumière révélait des tons brillants qui
se mariaient au pâle reflet des saules; et les lar-

ges feuilles des nénufars, agitées par ce trouble passager, faisaient penser à ces génies des
ondes que l'ignorance des vieux âges appelait
Naïades, et croyait préposés à la garde des
eaux.

Tout cela, c'était le côté poétique, et certainement notre petit ami Gonzague n'y entendait
rien; mais ce qu'il entendait parfaitement, c'é-
tait de toucher à tout, de chercher à se rendre
compte de tout par lui-même, et sans attendre
la présence d'une grande personne. Or, il avait pris
Rosa par la main, s'imaginant sans doute qu'il
allait lui servir de Mentor, et avait dit :

« Rosa, allons faire un tour à nous deux, ça
va être bien amusant! veux-tu?

— Oui, si nous n'allons pas trop loin.

— Non, pas loin du tout; seulement jusqu'au
grand bassin pour voir s'il y a des poissons
rouges. »

Les poissons rouges, c'était pour la petite
Rosa une amorce qui ne manquait pas son effet.

« Tu crois qu'il y en a?

— Nous le verrons; viens donc! »

Ils s'en allèrent tous deux, et demeurèrent
ébahis à la vue du grand bassin, bien plus contents que Fernand Cortez en face du golfe du
Mexique.

« Ah! Comme c'est grand! Tiens, il y a des

feuilles. Oh! comme elles sont belles! Et des poissons rouges ! Comme ils sont gros ! Regarde,
Gonzague, regarde celui-là ; c'est un papa, bien
sûr !

— Peut-être. C'est bien joli; mais ce doit être
bien plus joli encore quand le jet d'eau monte
bien haut, bien haut ! Je voudrais savoir comment on s'y prend pour le faire monter jusqu'au
haut des arbres ?

— Tu sais, Gonzague, maman a dit que comme nous ne sommes pas chez nous, il ne faut
toucher à rien, rien, rien.

— C'est bon, je suis plus grand que toi; je
sais ce que j'ai à faire. »

Il se trompait absolument, le petit homme; car
ayant gravi la hauteur et ayant aperçu le robinet, il dit à Rosa:

« C'est drôle, un robinet sans fontaine! à quoi
donc peut-il servir?

— N'y touche pas, Gonzague.

— Tu m'ennuies.

— Si nous rentrions? dis? Nous sommes bien
loin de la maison.

— Nous n'en sommes pas loin du tout; tu as
toujours peur. On ne peut rien faire avec une
petite fille !

— Pourquoi dis-tu ça? Tu ne me trouves donc
plus gentille, comme chez nous?

— Tu es bien gentille, mais tu m'assommes. Il faut que je voie où va l'eau quand on tourne ce robinet-là.

— Non, non, Gonzague, tu vas encore faire une bêtise.

— Tu es polie ! Je m'en vais tout de même essayer de le tourner, ce robinet. Ah ! que c'est dur !... il ne tourne pas.

— Tu vas te faire du mal !

— Mais non !

— Tu vas faire fâcher papa !

— Attends, ça va venir. Oh ! que c'est dur !

— Laisse-le, je t'en prie, mon petit Gonzague chéri d'amour !

— Oh ! mon petit Gonzague chéri d'amour, c'est quand tu meurs de peur que tu m'appelles comme ça.... je ne peux pas le tourner.

— Si papa était là ?

— Il n'y est pas.

— Il te donnerait une fameuse claque !

— Ça va tourner !

— Prends garde !

— Tu vas voir. »

Gonzague fait un grand effort, le robinet cède, et voilà le superbe jet d'eau qui s'élance et retombe à grand bruit.

Rosa ouvrait la bouche, et ne la refermait pas. Elle ne pouvait comprendre qu'une aussi petite

cause ait produit un si grand résultat. Son
frère, sans s'en rendre compte, n'en doutait pas;
il était bien l'auteur de cette gênante merveille;
et il aurait certainement donné toutes ses billes,
avec sa toupie neuve, pour retourner le robinet
et faire rentrer toute chose en son lieu. Il
essaye; vains efforts; sa pauvre petite main
n'a plus de force, le robinet tient bon, et Rosa
se met à pleurer. Pas moyen d'excuser l'indiscrétion de son frère, tout le château en est
témoin.

Éline et Angèle, entendant le dialogue des enfants et les sanglots de Rosa, gravirent à leur
tour la hauteur, et comprirent la situation. Angèle commença par consoler la pauvre petite
fille.

« Rassurez-vous, chère enfant; votre frère n'a
fait que réparer l'oubli du jardinier, à qui papa
avait précisément commandé de faire aller le jet
d'eau pour donner un air de fête à votre
arrivée.

— Vous êtes bien bonne, Angèle, de ne pas
gronder mon frère; mais il n'en est pas moins
un petit touche-à-tout, et papa va se fâcher, bien
sûr !

— Je ne l'ai pas fait exprès.

— Ne va pas dire ça surtout! Tu savais bien
que tu touchais au robinet, n'est-ce pas ?

— Oui, mais je pensais.... je croyais....

— Tu ne croyais rien du tout. Tais-toi; c'est ce que tu peux faire de mieux. »

Pendant ce temps-là, on admirait du salon la superbe cascade. Le vieux jardinier vint à passer sous les fenêtres ouvertes, et s'arrêta court, tout étonné de ce qu'il voyait.

« Où allez-vous, Gervais ?

— Monsieur, j'allais tourner le robinet que j'avais oublié; mais je vois que monsieur l'a tourné lui-même.

— Moi, je n'y ai pas touché.

— Qui est-ce donc qui a fait cela ?

— C'est peut-être Gonzague, dit humblement sa mère.

— Ah ! par exemple, répondit M. Dartigues, ce serait par trop fort ! Où est-il, ce petit diable-là ? c'est moi qui lui ferai comprendre que, à Voxal moins encore qu'à Guîtres, il ne doit toucher à rien.

— Laisse-moi faire, mon ami, je m'en charge.

— Tu t'en charges ? non, non, il comprendra bien mieux si c'est moi qui le lui explique. »

M. Dartigues partit comme un trait, et rencontra le bonhomme qui revenait tout penaud, tenant Rosa par la main.

« C'est toi qui as tourné le robinet ?

— Papa, je ne l'ai pas fait exprès. »

Pan ! !...

« Tiens, mon garçon, tu te souviendras encore de celle-là. »

CHAPITRE XIV

Mademoiselle Seconde croit voir le diable.

Le lendemain fut consacré tout entier à jouir les uns des autres, à se promener dans le parc, à prendre connaissance des moindres détails. Tout intéresse à la campagne. La famille Dartigues voulait tout voir; cependant Mlle Seconde, enfermée dans sa chambre, ne jouissait que de son tricot.

« En fait-elle des mailles! en fait-elle, cette pauvre cousine! disait M. Dartigues en se frottant les mains. Quelle existence! Elle ne voit

rien, elle ne sait rien, elle ne dit rien; c'est une
vie d'huître sur son rocher. »

C'était vrai. Le rocher de la cousine s'était
formé progressivement d'une suite d'habitudes
persistantes. Elle parvenait à goûter certain repos d'esprit si rien ne la dérangeait, mais voya-
ger, mais changer de chambre, d'heures et de
paysage!... Voxal était réellement une épreuve
au-dessus de ses forces; et sans ce bienheureux
tricot qui l'isolait, elle fût peut-être tombée malade. Et puis Gonzague lui faisait des misères;
ceci mettait le comble à ses ennuis quotidiens.

La saison s'avançant, on approchait de l'époque des vendanges; déjà on voyait à Voxal, le
long des espaliers exposés au midi, de superbes
grappes de raisin, dignes des vitrines de Chevet.
Mlle Secondo, quand elle levait les yeux par accident, constatait la beauté de ces grappes, et
c'était peut-être ce qui la frappait le plus à
Voxal.

Cette particularité n'avait pas échappé à l'aimable maîtresse de maison; et voulant toucher
en son hôte silencieuse le seul point qui parût
vulnérable, elle cueillit dans l'après-midi la plus
belle de ces grappes, une grappe exceptionnelle,
et jolie, et dorée, enfin à croquer!

« C'est Gonzague qui va me faire le plaisir de

porter cette grappe de raisin à sa tante; n'est-ce
pas, mon enfant?

— Oui, madame.

— Tu marcheras bien lentement.

— Oui, madame.

— Tu prendras bien garde aux faux pas.

— Oui, madame. »

On installa cette merveille sur trois larges
feuilles de vigne, posées symétriquement sur
une assiette, et le délégué partit, se tenant droit
et portant la tête haute, comme il convient à
l'ambassadeur d'une grande puissance.

Gonzague, on a pu s'en convaincre, ne faisait
pas ordinairement beaucoup de réflexions; il en
fit trois à propos du raisin, et ce fut un incident
fâcheux.

Première réflexion : «Au fait, se dit-il, en longeant l'allée couverte, ma tante Seconde n'a pas
vu cette grappe; elle n'en connaît pas la grosseur. Si j'en mangeais quelques grains, deux ou
trois seulement, il n'en arriverait rien du tout.»

Sur ce, il en mangea quatre.

Il en résulta un plaisir charmant : fraîcheur,
goût délicieux, rien n'y manquait; et comme il
avait eu soin de pincer le grain de très-haut, on
ne voyait nulle trace du petit régal, et la dimi-
nution de l'énorme grappe était insensible.

Seconde réflexion : «Cette pauvre tante, elle

dit toujours que le fruit lui fait mal; mais le
raisin, c'est du fruit; il ne faut pas qu'elle en
mange trop, ce serait bien mauvais pour son
estomac. »

Six gros grains avalés, ce fut la conséquence de
ces prémisses.

Troisième réflexion : « Oh! qu'elle est lourde,
cette assiette! J'ai beau la tenir à deux mains,
j'ai peur de la laisser tomber en route; ce serait
grand dommage! Si je me reposais un instant
sur ce banc? je reprendrais des forces. »

Huit grains disparurent comme par enchantement.

De réflexion en réflexion, notre petit philoso-
phe finit par trouver que l'assiette devenait
beaucoup plus légère; il fut même un peu effrayé de ce phénomène, mais se rassura en disant : « Puisque ma tante Seconde ne connaît
pas la grosseur de cette grappe, elle ne se dou-
tera de rien, ni papa non plus. »

Il avait oublié que les parents finissent toujours par tout savoir.

Le voilà qui monte bravement l'escalier,
jugeant avec raison que la faiblesse d'aucun
estomac ne pourrait se plaindre du joli goûter
qu'il apporte.

Il frappa discrètement.

« Qui est là ?

— C'est moi, ma tante. »

La tante Seconde posa son tricot sur sa table, réservant toute l'attention dont elle était capable pour surveiller le terrible visiteur.

« Qu'est-ce que tu viens faire?

— Ma tante, je vous apporte une grappe de raisin bien mûr, de la part de Mme de Mély. »

Mlle Seconde, voyant qu'il ne s'agissait que d'une ambassade, entr'ouvrit sa porte, juste assez pour que l'enfant passât l'assiette. Elle avait une peur instinctive de son neveu Gonzague depuis l'histoire du grenier; et tout récemment, la célèbre affaire du moulin à café avait laissé dans son esprit les plus désagréables souvenir.

Gonzague n'insista pas pour entrer, vu qu'il ne s'en souciait point. Le mieux était de redescendre l'escalier comme un fou, c'est ce qu'il fit pendant que Mlle Seconde reprenait tranquillement son tricot, comprenant bien que la maîtresse de maison avait été fort aimable, mais se demandant ce qu'on pouvait raisonnablement faire d'une grappe de raisin quand on n'a pas l'habitude de manger entre ses repas. Elle n'en voulut pas goûter seulement un grain. Oh non! C'eût été renverser tout l'édifice du passé, c'eût été enfin sortir de ses habitudes!

Que l'on tricote ou non, il faut toujours se re-

trouver à table; c'est le gai rendez-vous des
amis, le lieu des aimables propos; Mlle Seconde
elle-même aurait été capable d'y inventer des
phrases plus longues que de coutume. Ce jour-
là, M. Dartigues, pour la mettre à son aise, dit
plaisamment :

« Eh bien, Seconde, vous vous êtes régalée là-
haut, avec la superbe grappe de raisin qu'a
cueillie tout exprès pour vous Mme de Mély?

— Le fruit est très-mauvais pour moi. »

Ce début déconcertant ne déconcerta pas le
cousin.

« Du moins, convenez que l'attention est aimable, et que jamais de la vie vous n'aviez vu une
pareille grappe de raisin ?

— Oh si; bien souvent.

— Bien souvent? Moi, jamais! Et quoique assurément le dessert que nous avons sous les
yeux soit fort beau, je ne vois point sur la table une seule grappe qui ressemble à celle-là;
voyons, convenez-en? »

Et comme la pauvre Seconde n'en pouvait pas
convenir, elle buvait pour tâcher de couper court
à ces interpellations si peu de son goût. On se
figure l'air attrapé de Gonzague pendant ces
préliminaires; il faisait une boulette de mie de
pain, deux boulettes, trois boulettes, et les choses n'en allaient pas mieux.

« Ma tante, je vous apporte une grappe de raisin. » (Page 247.)

Enfin M. Dartigues, de plus en plus étonné, montra à sa cousine une grappe de raisin fort ordinaire, et lui dit : « Elle était bien grosse quatre fois comme celle-ci ?

— Elle était toute semblable à celle-ci.

— Gonzague, tu en as mangé en route ?

— Papa, je ne l'ai pas fait exprès. »

Ce mot ridicule sortait de la bouche du petit garçon avant qu'aucune idée se forgeât dans son cerveau ; c'était comme un bouclier qu'il mettait tout d'abord entre lui et la prochaine claque. Cette fois l'admonestation fut toute verbale, à cause de la longueur de la table qui séparait de trois mètres le père et le fils, très-heureuse chance !

Mlle Seconde mit la nouvelle équipée de Gonzague sur son catalogue, et se méfia plus que jamais de M. l'ambassadeur. Aussitôt après le dîner, on se répandit gaiement dans le parc au clair de lune, et chacun s'amusa selon son goût ; les parents causaient, les jeunes filles erraient de tous côtés et les enfants, Xavier et Rosa, jouaient de tout leur cœur. Le cher Bébé se promenait, impassible, sur les bras de sa mère, pendant que Mariette dînait à l'office, où l'on avait fait connaissance, et où l'on s'amusait aussi.

Mlle Seconde suivit machinalement les prome-

neurs ; mais bientôt, entendant sonner huit heures
à l'église du village, elle n'eut plus qu'une pensée : regagner sa chambre et se coucher. Elle
avait gardé du jeune âge l'habitude naïve de se
coucher à huit heures ; mais pourtant, dans les
grandes occasions, elle veillait jusqu'à huit heures et demie ! c'était rare.

Donc, à la faveur d'un bel arbre devant lequel
tous s'étaient arrêtés admirant un ver luisant
qui scintillait dans l'ombre, Mlle Seconde se dé-
roba discrètement aux charmes de la société,
rentra chez elle, et mit son bonnet de nuit.....
Bonsoir, mademoiselle.

Nul ne remarqua l'absence de cette silencieuse
personne. M. de Mély semblait légèrement préoccupé, et regardait sa femme qui regardait les
amis. Il y avait là un tout petit mystère ; c'est du
moins ce que pensaient Angèle et Éline, qui s'é-
taient rapprochées du groupe et ne s'expliquaient
pas ce sourire courant sur toutes les lèvres, pendant qu'on reprenait ensemble la direction du
château.

« Qu'y a-t-il ? demanda Angèle.

— Tu le verras bientôt, mon enfant, » répondit
sa mère, du ton le plus gracieux.

Éline entraîna gaiement sa compagne.

« Allons à la découverte, dit-elle, j'entends du
mouvement du côté de l'écurie.

— C'est vrai, je distingue même la voix de votre frère François.

— Effectivement, les chevaux et les voitures attirent toute son attention; il a déjà fait connaissance avec votre cocher. .

— Alexandre est très-flatté de cette préférence. Mais voyez, on attelle; comment cela se fait-il? Atteler à cette heure, quand il n'y a aucun projet de promenade? Cela m'intrigue.

— Moi aussi.

— Si nous demandions des renseignements à François? il doit être au fait de la situation !

— Gardons-nous-en bien; il ne manquerait pas de dire une fois de plus que les femmes sont curieuses.

— Vraiment?

— Il est insupportable, monsieur mon frère, depuis qu'il a un soupçon de moustache.

— Il en est donc bien fier?

— Ah! bien plus qu'il ne faudrait, car cela ne sert qu'à le faire paraître en retard pour ses études. Il est si grand, si brun, on lui donnerait quinze ans.... Regardez, Alexandre a fini d'atteler; il monte sur le siége.

— Et François prend place à côté de lui ; il est dans le secret, bien sûr. »

La voiture sortit de la cour d'honneur et fran-

chit en un moment la courte distance qui séparait
Voxal du chemin de fer.

Un quart d'heure après, pendant que paisiblement assis devant le château, sous les fenêtres
de la salle de billard, on jouissait du plaisir d'être
ensemble tout en causant, voici la voiture qui
rentre, et s'arrête au pied du perron.

Angèle voit descendre... qui? Bathilde, accom-
pagnée de sa mère et de sa grand'mère.

M. et Mme de Mély ont ménagé cette surprise
à leur fille. Ils ont voulu lui causer une douce
satisfaction, et en même temps donner quelques
beaux jours à ces amies de longue date, dont
la vie est si monotone et si triste. C'est une
trêve, ce que la laborieuse Bathilde appelle
ses *vacances*. Mme de Mély demandait depuis
longtemps cette marque de confiante amitié;
on n'osait pas accepter. Transporter la pauvre Mme des Étangs paraissait une entreprise
presque téméraire. Les Mély facilitèrent toute
chose : les cœurs bons et généreux sont si ingé-
nieux ! Bathilde, touchée de la sympathie d'Angèle, s'était rangée du côté des châtelains, ce qui
avait fait pencher la balance, car tout ce qu'en-
treprenait Bathilde réussisait.

Les obstacles ayant été levés, on arrivait, et
les amis s'empressaient autour de Mme des
Étangs, que la fidèle négresse prenait adroite-

ment dans ses bras, et déposait dans un fauteuil
du salon, car on aurait redouté la fraîcheur du
soir. On passa tous ensemble de bonnes heures :
Voxal était le trait d'union entre Guîtres et Paris,
et, pour donner un dernier coup de pinceau à ce
petit chef-d'œuvre de souvenir et d'amitié, on
annença que le lendemain, vers l'heure du dîner,
arriverait de Belgique l'aimable Mme van Osten,
amenant la petite Marie. Trois amies d'enfance
vont donc se retrouver après de longues années où
tout les a séparées. Chacun prend part à leur joie ;
et la famille créole, si pleine de cœur et de bonhomie, assistera à cette réunion, l'embellissant
encore de son propre bonheur.

Mme des Étangs, du fond d'un excellent fauteuil, se demandait pourquoi elle avait cru ce
petit voyage impossible. Tout s'était fait si facilement, grâce aux soins intelligents de ses amis et
de son entourage. Regardez-la, elle jouit, elle
est contente. Ses yeux, encore pleins des souvenirs
de son beau pays, vont se reposer à Voxal, qui lui
rendra les doux tableaux d'autrefois, la verdure,
les bois, les champs, les fleurs, et tout ce qui
rappelle ce temps heureux qu'elle revoit encore
chaque nuit dans ses songes.

Sa fille, la bonne et aimante Zélia, jouit du
bonheur de sa mère et de celui de son enfant ;
comment donc ne serait-elle pas contente, elle

dont le cœur n'est fait que d'amour filial et d'amour maternel ?

Quant à la sérieuse Bathilde, elle goûte ce bien-être complet qui nous attend au sortir d'un travail quotidien auquel nous n'avons pas été habitués dès l'enfance. Sa tête, ses yeux, ses mains se reposent ; cependant elle n'éprouve aucune surprise au milieu du confortable qui l'entoure. On dirait qu'elle entrevoit dans un miroir l'ancienne existence de sa famille, et qu'elle trouve la largeur du passé bien plus en harmonie avec sa propre nature que les étroitesses de l'actualité telle que les circonstances l'ont faite.

Bathilde s'est soumise aux décrets de la Providence, et s'y soumettra toujours ; mais ses doigts longs et fins, dont elle a fait des doigts d'ouvrière par devoir et par piété filiale, n'ont en nulle façon réagi sur sa pensée, et l'absence momentanée d'une contrainte journalière lui semble une chose toute simple. Celui qui monte les degrés de l'échelle sociale s'en aperçoit à peine, tant il oublie vite le point de départ ; celui qui descend remarque tout, même quand il paraît ne rien voir ; et la raison en est qu'il n'a rien oublié.

Des quatre personnes arrivant de Paris, il y en avait une qui ne se sentait pas de joie : c'était la vieille Mira. Elle levait ses grands bras au-dessus de sa tête, et poussait des exclamations. Quel plaisir de voir autre chose que le toit faisant face à sa petite cuisine! Le vestibule, le grand escalier, l'office, tout excitait ses transports, et les silhouettes des vieux chênes, se détachant au clair de lune, la jetaient dans l'admiration.

Pauvre vieille! il y avait là encore un souvenir de sa jeunesse, de ce que chacun de nous appelle *le bon temps;* d'abord parce qu'il n'est plus là, ensuite parce que le temps actuel qui le remplace est attristé par les soucis de tous les âges.

Mira se promettait du repos pendant quinze jours! c'était unique dans sa vie. Sans doute, elle prendra soin de ses bonnes maîtresses; elle frottera les membres fatigués de Mme des Étangs; mais ce genre de travail, qui la laisse dans l'intimité de la famille, passe à ses yeux pour un acte filial, et l'affection protectrice qu'elle sent auprès d'elle lui cache à elle même une partie de son infériorité.

Mme de Mély prit à part la négresse, et voulut savoir d'elle si ces dames, toujours souffrantes, n'avaient point quelque habitude d'hygiène, dont la suppression pourrait nuire à leur bien-être? Elle apprit de Mira que Mme des Étangs, excepté pendant les grandes chaleurs de juillet et d'août, aimait à trouver dans son lit une bouteille pleine d'eau bouillante, pour réchauffer ses pauvres pieds engourdis.

Mme de Mély convint avec la bonne servante qu'aussitôt qu'elle aurait couché sa maîtresse, dont la veille s'était prolongée, elle descendrait à la cuisine y chercher la bouteille en question.

. Tout est entendu, chacun se retire, et bientôt Mme des Étangs, enchantée de sa première soirée à Voxal, se couche avec l'aide de Mira. Celle-ci, un bougeoir à la main, descend ensuite à la cuisine, et remplit d'eau bouillante la bouteille de grès. Puis elle remonte ; mais elle connaît à peine les êtres ; ce corridor spacieux présente cinq portes à peu près semblables, elle hésite.... enfin elle se décide.

C'était entre onze heures et minuit ; Mlle Seconde goûtait enfin les douceurs d'un parfait repos ; ses rêves ne lui rendaient aucune vision pénible : ni malles, ni chemin de fer, ni tourelle, rien, rien qu'un placide tricot, toujours pendant aux aiguilles, des jours pareils entre eux, sans émotion, sans frayeur, sans Gonzague, enfin l'âge d'or !

Elle s'était endormie avant d'avoir eu connaissance de la surprise faite à Angèle, et croyait le château habité par les seules personnes avec qui elle avait déjà fait une espèce de connais-

sance..... Tout à coup, au sein d'une incompara-
ble quiétude, son oreille, très-fine, perçoit un
léger son, qui transmet à sa cervelle une ombre
de trouble : du trouble naît aussitôt la peur, et
de la peur le réveil, ce demi-réveil qui ne permet
pas de raisonner beaucoup, surtout quand on n'en a
pas l'habitude. Mlle Seconde écoute de toutes ses
forces, tout en enfonçant sa tête sous ses couvertures, admirable ressource dans un danger !

On tourne la clef bien doucement, on ouvre la
porte, on entre, on marche, on s'approche du
lit.... La cousine, aux prises avec une terreur à
nulle autre pareille, s'enfonce un peu plus, cesse
de respirer et entrevoit sa dernière heure !

Deux moyens sont à sa portée pour essayer de
se tirer de là.

Premier moyen : retirer sa pauvre tête de dessous ses couvertures, pour voir s'il ne s'agit pas
de l'événement le plus simple, d'une personne
de la maison qui, par exemple, se tromperait de
chambre?

Second moyen : rester là-dessous, sans remuer,
et se boucher les oreilles de peur d'entendre la
suite.

On pense bien que le choix de notre poltronne
se fixa sur le second moyen.

Tous les sens ayant donc été mis hors de fonc-
tion, hors le toucher, Mlle Seconde croit sentir

un peu d'air frais courir sur ses pieds ! Elle rassemble ce qui lui reste d'idées, — il y en avait fort peu, — et acquiert la certitude qu'une main silencieuse et traîtresse a soulevé ses couvertures. Son cœur se glace.... la main s'avance plus encore, et touche positivement les pieds de Mlle Seconde qui en perd la tête !

Au plus haut degré de la peur, la cousine sent en elle quelque chose qui va ressembler au courage.... mais qu'est ceci?... Un corps dur, chaud, étrange, se met en contact avec la plante de ses petits pieds tremblants ; elle veut appeler au secours ; impossible ! plus de voix. Ciel ! que devenir ?... Du fond de son antre, elle bondit comme une lionne blessée : elle engagera la lutte contre son ennemi muet et cruel ! Elle se dresse sur son séant, étend deux bras vengeurs, et regarde dans le vide.... O épouvantable surprise ! Une ombre longue et noire est immobile au pied du lit, et deux yeux verdâtres, brillant à la lueur blafarde d'une petite lampe, s'arrêtent sur les siens avec une expression qu'aucun terme ne peut rendre.

Il se fait dans son cerveau une secousse effroyable ; ce fantôme haut et lugubre, ce ne peut être que le diable en personne? Oui, c'est lui précisément, c'est certain.

La cousine se rappelle que, sur la table de nuit,

elle met chaque soir, depuis près d'un demi-siècle, un verre d'eau qu'elle ne boit jamais. Excellent moyen de défense! D'une main nerveuse, elle prend le verre d'eau, et le jette avec une malédiction à la figure du diable qui, à l'instant, remplit la chambre, le corridor et toute la maison d'un éclat de rire strident et détestable! Ce monstrueux rire laisse apercevoir à la pâle victime deux terribles rangées de dents blanches, comme si le diable, tout en ricanant, s'apprêtait à la dévorer!....

On s'émeut dans la chambre voisine; Mme de Mély entr'ouvre sa porte, et, marchant du côté du bruit, elle trouve la vieille négresse se tenant les côtes, et parlant à Mlle Seconde dans un langage impossible, que celle-ci prend peut-être pour le jargon des diables.

En un moment, tout s'explique. Mira reprend sa boule d'eau bouillante, se confond en excuses, s'essuie la figure et le cou, puis s'en va dans la chambre d'en face où sa vieille maîtresse, qui l'attendait paisiblement, ne peut s'empêcher de rire de l'aventure. « Oh! ma pauvre Mira, dit-elle, que d'émotions se serait évitées cette dame, si elle t'avait tout simplement regardée lorsque tu es entrée, et si elle t'avait dit : « Vous vous trompez de chambre. »

Cependant, il faudra à Mlle Seconde la moitié

de la nuit pour se rendormir, et toute la semaine pour se remettre. Éline vient d'accourir, poussée par son bon cœur; elle veut calmer la peureuse, et il semble en effet que rien ne soit plus propre à chasser le souvenir du diable que la vue de cet ange de la famille. Pourtant il faut dire mille paroles, y ajouter de l'eau sucrée, de la fleur d'oranger; allumer deux bougies, se tenir là, bien près du lit, et prendre en ses deux mains celles de la victime imaginaire.

A force de temps, de douceur et de patience, Éline en vient à ses fins. L'esprit inquiet se laisse à peu près persuader; non, ce n'est pas le diable, dont la griffe hideuse a touché les pieds de Mlle Seconde; elle commence à comprendre que c'est un fait d'un ordre aussi naturel que possible. Une bonne vieille négresse bien attentive, bien dévouée, et une bouteille de grès, voilà ce qu'elle aurait vu si elle avait pris la peine de regarder; au lieu de cela, un plongeon sous les couvertures, la tête à l'envers, etc., etc. Ah! pauvre Mlle Seconde!

Le lendemain, dès qu'Éline vit son père, celui-ci, avec son rire franc, lui fit part de ses impressions sur le grave événement de la nuit. Jamais il n'avait ri de si bon cœur!

— Oh! mon petit papa, je vous en supplie, ne parlez de cela à personne!

— Ma petite, tu me demandes l'impossible.

—Du moins, n'en parlez pas à ma pauvre tante Seconde, vous lui feriez de la peine.

— Tu crois ?

— J'en suis sûre.

— Mais je lui en parlerais en riant?

— Je le sais bien ; c'est justement cela qui lui serait pénible.

— C'est dommage ! Tu m'imposes un très-grand sacrifice !

— Mon cher petit papa, je ne vous impose rien; je vous demande seulement de ne pas lui rappeler cette puérile frayeur, ou du moins de lui en parler sans rire.

— Sans rire ?... J'aime encore mieux me taire. Décidément, je ne dirai pas un mot devant elle pour ne pas l'affliger; et surtout pas un mot devant les enfants, de peur de les rendre poltrons et ridicules. Voyons, es-tu contente de moi?

— Oui papa? »

Ainsi, toujours bonne et délicate, Éline continuait son rôle de consolatrice, au milieu des distractions d'une aimable villégiature. Rien ne l'empêchait de faire attention à son entourage, d'épargner une peine à celui-ci, de procurer un plaisir à celui-là, enfin de s'occuper beaucoup plus des autres que d'elle-même, ce qui est un des secrets du bonheur. Mme Dartigues mère, à qui rien n'échappait, trouvait sa petite-fille de

plus en plus charmante, et répétait tout bas,
comme son fils, à qui voulait l'entendre : « Éline
vaut son pesant d'or ! »

Un peu avant le dîner, il y eut au château une
nouvelle émotion de joie : l'arrivée de Mme van
Osten, qui représentait cette famille patriarcale
au sein de laquelle Angèle avait passé des jours
trop courts et trop peu nombreux. La chère
petite Marie fit à Voxal une joyeuse entrée, apportant de Belgique son entrain, son fin sourire
et son petit accent étranger, avec ce charme
profond de l'enfance dirigée par des cœurs
délicats.

A peine s'était-on salués, et déjà toutes les
mains étaient tendues à cette gracieuse petite
fille qui, d'abord un peu étonnée, s'accoutuma
bien vite à se voir aimée par tant de monde.

Dès que petite Marie se sentit à l'aise, elle
demanda s'il y avait en France un cheval de
bois (c'était sa passion). Mme de Mély, qui pensait à tout, lui en montra un, tout sellé, l'attendant au vestibule. A l'instant, la figure de la fine
écuyère s'illumina, elle sauta lestement sur le
cheval, et partit pour S*** disant d'un grand
sérieux : « Je vais donner à bonne maman des
nouvelles de notre voyage ; mais je serai revenue
pour dîner. »

Effectivement le cheval galopa sur place pendant deux minutes, et tout se trouva fait comme par enchantement. Alors, par un procédé aussi joyeux et tout aussi prompt, petite Marie alla s'asseoir à côté de sa maman, et en face d'une table parfaitement servie.... Bon appétit !

Après le dîner, il y eut quelques apartés, ce qui, vu le grand nombre, ne nuisait ni à l'intérêt, ni à la gaieté de la conversation. Mme van Osten avait à répondre à tant de questions ! On l'entourait amicalement, on lui parlait de chaque membre de sa famille.

On voulait jouir de sa présence, et on se la prêtait, mais pour un instant seulement ; et la bonne Mme de Mély, plus pressée que tout autre, se voyait forcée d'attendre.

Les Dartigues connaissaient depuis longtemps Mme van Osten, qui d'ailleurs avait passé ses années d'études avec Mme Albert ; ce n'était même pas la première fois qu'on se rencontrait à Voxal, bien qu'Angèle n'eût gardé de son bas âge aucun souvenir de ce premier rendez-vous de l'amitié. En deux heures, on eut rapproché tous les jalons épars sur la route du temps, et les amis causèrent tous ensemble avec le plus aimable abandon.

Mlle Seconde, de plus en plus abasourdie par la vue de tant de nouveaux visages, disait oui quand elle voulait dire non, et ne trouvait

plus un seul de ses adverbes! Réfugiée entre
Mme des Étangs et la douce Zélia, elle attendait,
sous l'égide de la bienveillance, que l'horloge
de la paroisse sonnât huit heures, car elle ne se
fiait pas aux pendules, et voulait se coucher
exactement.

Il faut convenir qu'elle en avait grand besoin,
après une nuit si cruellement compromise par la
déplorable aventure de la boule d'eau chaude!
Sans les espiègleries de Gonzague, qui tenaient
toujours son esprit éveillé sur un point, même
quand il dormait sur tous les autres, Mlle Seconde eût peut-être été obligée de se coucher ce
soir-là à huit heures moins un quart, ce qui
n'était point dans ses habitudes.

Tout le monde connaît l'histoire, ou plutôt la
fable, de ce barbier qui, ne pouvant divulguer à
son aise un secret, l'alla confier à la terre. Des
roseaux vinrent à pousser en cet endroit, et, tout
en se balançant au souffle des zéphirs, ils se disaient entre eux, répétant la confidence du barbier :

« Midas, le roi Midas a des oreilles d'âne ! »

M. Dartigues, malgré sa bonne volonté, était
dévoré du désir de raconter à quelque nouveau
personnage l'affaire de la nuit. Mme van Osten
semblait être arrivée tout exprès pour recevoir
cette confidence; mais la cousine ne s'en allait

pas, elle attendait l'horloge. Enfin huit heures sonnèrent ! Eline, toujours si bonne, lui alluma sa bougie et l'accompagna bien amicalement. Ce fut alors que, entre deux grands éclats de rire, M. Dartigues dépeignit en termes comiques la scène nocturne, l'apparition de la noire Mira et le reste, recommandant à Mme van Osten de faire des reproductions du récit, à son retour en Belgique. Comme les roseaux des vieux âges, M. Dartigues s'agitait; ce n'était plus au souffle des zéphirs, c'était sous une gaieté folle que le cousin répétait :

« Seconde, la cousine Seconde, a jeté son verre d'eau à la figure du diable ! »

Les amis passèrent ensemble de bons et beaux jours; on se promenait, on lisait, on jouait du piano, on chantait. Ces messieurs chassaient, et ces dames, en les attendant, s'occupaient de quelques jolis ouvrages destinés à la loterie d'Éline, car personne n'avait perdu de vue les bonnes gens de la masure, et l'on se faisait une grande joie de les rendre heureux.

Éline approchait du terme de ses vœux; elle recevait de sa tante des lettres qui lui annonçaient que le brave Hippolyte Lenoir allait avoir achevé son œuvre. La maisonnette s'était relevée, simple et commode, suffisante pour tous les besoins de la famille; et les bonnes gens ne cessaient de

bénir celle qui avait été en tout cela l'instrument
de la Providence.

A Voxal, on ne voulait rester étranger à rien
de ce qui concernait le rêve d'Éline. Elle lisait à
haute voix les lettres de sa tante, et voyait redoubler l'intérêt des amis. La famille créole était
trop bonne et trop généreuse pour ne pas s'as-
socier à la bonne œuvre, selon ses moyens.
Mme des Étangs offrit une corbeille, faite par les
sauvages, et qui serait un fort joli lot, à cause
du cachet étranger. Bathilde et sa mère com-
mencèrent ensemble deux coussins au crochet,
qu'Angèle se réserva le droit de monter en les
doublant d'un transparent ponceau. Éline était
bien reconnaissante.

On était si joyeux et en même temps si occupé
à Voxal, qu'on y avait à peu près oublié le petit
tiroir contenant les perles blanches, que mère et
enfant avaient choisies comme intermédiaires
pour parler du bonheur. Quand le bonheur est
là, on n'en parle guère, on préfère le savourer
tout à son aise.

Cependant, lorsque les trois jeunes filles se
promenaient ensemble, Bathilde, effaçant la distance d'âge, se plaisait à entendre Angèle raconter comment sa mère s'y était prise pour la
corriger de sa pente à exiger plus qu'il ne lui
était donné.

« Oui, disait-elle humblement, j'ai été bien injuste, je le reconnais. Je sais maintenant que le bonheur ne se compose pas uniquement de plaisirs, mais de toute chose qui laisse l'esprit calme et la conscience calme aussi. »

Bathilde, d'un caractère sérieux mais expansif, accueillait avec un sourire d'approbation les paroles de sa jeune compagne. Mieux encore, elle pouvait certifier que toute vie contient sa part de bonheur, à moins que le fond même de l'existence ne soit saturé d'amertume. Elle mêlait une douce gravité aux discours de ses amies; les questionnant avec intérêt, et racontant d'elle-même afin de porter les jeunes filles à l'abandon.

On finit par lui dire les plus petits détails de cette étude secrète qu'Angèle, aidée par sa mère, faisait sur son propre cœur. On parla longtemps du Traité des perles, de la loterie, de la vieille jardinière et du rêve d'Éline auquel s'associait son amie. Celle-ci prit la parole et dit :

« Grâce à la bonté de mes parents et de leurs amis, qui ont bien voulu seconder mes efforts, je me vois près d'atteindre à mon but. Tout le monde m'a aidée; le terrain a été acheté pour peu de chose; papa a tout réglé avec Hippolyte Lenoir, la maisonnette a remplacé la masure;

tous mes plans se réalisent au delà de mes prévisions ; mais on ne s'arrête jamais sur la voie
des améliorations.... Ce n'est plus une chèvre
que je voudrais mettre dans l'étable, c'est une
vache.

— Une vache?

— Oui vraiment, une vache. Mes parents me
disent que ce ne serait pas une imprudence, qu'il
y aurait dans ce que nous appelons le chemin
désert, une grande facilité à la faire brouter et
que son lait payerait largement sa nourriture.
Les braves gens auraient quelque profit; un bon
déjeuner, le petit veau, le fumier, et enfin la joie
de se voir à la tête d'un commencement de
fortune, car une vache, c'est cela pour le
pauvre.

— Chère Éline, est-ce qu'il y a dans les environs de Guîtres une vache à vendre?

— Précisément. J'ai, de la fenêtre de ma chambre, la douce perspective d'une jolie petite vache
bretonne excellente laitière ; on me la vendrait
deux cent cinquante francs, mais hélas! je n'ai
que le prix de la belle chèvre, qui d'abord a fait
partie de mon rêve. Il faut vraiment que je sois
folle pour porter si haut mon ambition! Le succès enivre; la chèvre a perdu tout charme à mes
yeux. Je me figure constamment Mathurin ou
Jean-Pierre tenant la corde de leur belle petite

bretonne, et faisant les cent pas le long du chemin désert qui est pour nous la campagne, et où
l'herbe est fort abondante.

— Éline, il vous manque deux cents francs?

— Oui, Angèle, c'est une somme énorme! je
devrais revenir à la chèvre.

— Qui sait? attendez encore. »

Tout le monde dit que le temps a des ailes;
on le lui reproche depuis des siècles, et il n'en
continue pas moins sa course à travers nos peines
et nos joies; donc, malgré la parfaite entente des
amis, les gentillesses de petite Marie, et les sottises de Gonzague, on arriva au bout de la quin-
zaine, il fallut se quitter, et recommencer à s'aimer de loin, bien fidèlement toujours, mais sans
cette jouissance intime qui est au fond du regard
des amis.

Mme des Étangs partit la première, toute récon-
fortée par cette généreuse amitié qui avait jeté
quelques fleurs sur la fin de sa monotone existence. La bonne Zélia embrassa Mme de Mély
avec tendresse, et Bathilde, plus courageuse que
jamais, remercia la Providence et ceux qui lui
servaient d'interprète, puis elle s'en alla reprendre de bon cœur son travail et sa vie obscure,
au fond de la grande ville.

Quant à Mira, elle pleura tout de bon en quittant Yoxal, comme un enfant en vacances pleure

en rentrant au collége; mais à peine en chemin
de fer, elle n'y pensa plus et se réjouit au contraire à l'idée de retourner *chez nous.*

L'aimable Mme van Osten ne put refuser à ses
amis une prolongation de deux jours; petite
Marie en sautait de joie, elle avait grand peine
à quitter Voxal parce que, disait-elle, Alexandre
était bien bon, et qu'elle l'aimait beaucoup. Petite Marie se trompait, c'étaient encore les chevaux qu'elle aimait; et son plus doux passe-
temps avait été de regarder Alexandre les étril-
ler, les atteler, les dételer, et leur donner foin,
paille et avoine.

Les derniers qui partirent furent les Dartigues.
Mlle Seconde se trouva sur pied dès l'aurore, sa
malle faite et son fameux sac de voyage suffisamment bourré. De plus, elle avait mis ses
caoutchoucs, dont elle n'aurait pu se passer en
route, même par la sécheresse, vu que.... c'était
son habitude. Toutes ses peurs s'évanouirent à
la pensée de retrouver Guîtres, la maison, l'escalier, la chambre à rideaux bleus, le gros mur
à droite, etc., etc.

Dans son empressement, elle ne se souciait
plus des innombrables dangers du voyage, et se
sentait prête à les affronter tous. Donc, après
avoir salué tout de travers la famille de Mély,
elle profita du moment où les amis se disaient

adieu pour se jeter tête baissée dans un wagon, et s'y installer aussi bien que possible, ayant tout à côté d'elle, son sac de voyage, et sur ses genoux son tricot.

CHAPITRE XV

Le Traité des perles.

Ils étaient partis, les amis, laissant un grand vide et de bons souvenirs. Angèle les suivait en esprit; puis, au retour, elle regardait le petit tiroir, et se disait que ce tiroir n'avait plus le même intérêt pour elle. Sa mère le remarquait aussi, et s'en réjouissait, car si l'âme ne compte plus ses jours heureux, c'est parce qu'ils sont en grand nombre.

Cependant, quand le soir vint, il fut ques-

tion entre la mère et l'enfant du « Traité des
Perles. »

« Chère fille, n'as-tu donc pas été souvent bien
heureuse depuis notre retour à Voxal?

— Oh oui, maman, bien souvent!

— Alors, dis-moi comment il se fait que je
n'aie trouvé, en ouvrant le petit tiroir, que quatorze perles blanches? Est-ce donc un trait de
ressemblance avec le puissant calife Abdérame,
dont l'histoire te préoccupait il y a quelques
mois?

— Non, chère maman; il y a longtemps que
j'ai dépassé le calife, et si j'étais au terme de ma
vie, je compterais déjà, par vos soins et votre
bonté, bien plus de quatorze jours de bonheur!
Quand je me plaignais de mille petits ennuis, je
les augmentais; vous me le disiez; j'aurais bien
dû vous croire! A présent, sachant mieux apprécier de quoi le bonheur se compose, je sens habituellement une satisfaction douce, et la disposition de mon esprit est bien plus la reconnaissance que la plainte.

— Dieu soit béni, ma fille; te voilà guérie de
ce malaise étrange qui menaçait de te rendre
malheureuse. Bien des choses se sont passées.
Veux-tu me raconter l'histoire intime de ces
quatre mois?

— Bonne mère, je l'ai écrite pour vous. Voici

ces pages; lisez-les quand vous serez seule, et soyez consolée. »

La mère reçut volontiers la confidence écrite de cette nature toujours inhabile à parler d'elle-même; elle embrassa sa fille, et dit sur le ton du secret :

« Tu ne sais pas?

— Quoi donc?

— Ton père est si content des progrès que tu as faits, en suivant ton nouveau cours, qu'il veut en fixer le souvenir dans ton esprit par un fort beau présent.

— Qu'il est bon, ce cher papa!

— Mais il s'étonne et demande lui-même pourquoi le petit tiroir ne contient que quatorze perles blanches?

— Tout simplement parce que la boîte que vous m'avez donnée n'en contenait elle-même que quatorze.

— Bien; cette réponse le satisfera complétement.

— Comment, papa veut me faire un cadeau?

— Oui, il a l'intention de te donner un beau bracelet.

— Un bracelet!

— Un superbe bracelet, formé de quatorze perles de valeur, élégamment enchassées, qui te rappelleront toute la vie les perles blanches avec

lesquelles tu as compté tous ces jours de bonheur dont tu as eu conscience.

— Chère maman, ce beau bracelet coûtera
bien cher? Au moins deux cents francs?

— Beaucoup plus.

— Quelle générosité! Ah! si j'osais! Mais non....

— Quoi donc? Ose, ma fille, ose parler. Ces
réticences me font toujours de la peine.

— Eh bien! maman, si j'osais, je prierais papa
de ne pas m'acheter ce bracelet.

— Tu l'affligerais.

— Je veux dire.... de m'acheter autre chose.

— C'est facile. Tu préférerais un collier?

— Oh! non; pas de collier.

— Une chaîne d'or?

— Pas de chaîne d'or.

— Un bijou quelconque? Parle; nous ne vou-
lons que te faire plaisir. Voyons? que désirerais-
tu? Dis-le moi tout simplement.

— Je n'oserai jamais.

— Pourquoi?

— Cela vous paraîtra si singulier.

— Dis toujours. Les jeunes filles ont parfois
des fantaisies, on le sait, et il faudrait être bien
sévère pour leur en faire un crime.

— Je voudrais.... Éline m'a dit.... Enfin, voilà:
il y aura une chèvre, et nous aurions voulu une
vache.

— Une chèvre? une vache?... Mais nous étions chez l'orfévre?

— Sortons de chez l'orfévre, ma petite maman; allons ensemble à Guîtres, suivons le chemin désert au bout duquel est la campagne....

— Ah! je comprends; il 's'agit de la maisonnette....

— Oui, de la maisonnette, relevée par les soins d'Eline, et par la charité de ses parents et de ses amis.

— Je vois que tu lui es unie dans cette bonne œuvre, car tu as travaillé avec beaucoup de zèle pour enrichir la loterie, et tu as dépensé, en lots et en billets, une bonne partie de ta petite fortune.

— Chère maman, c'est demain que partira la caisse contenant les lots; cette caisse arrivera chez Eline la veille du tirage. Ah! si j'avais pu joindre à l'envoi autre chose?... Tenez, si mon cher papa voulait, il me donnerait encore un jour de bonheur?

— Il le voudra; tu peux y compter.

— Serez-vous de mon parti? plaiderez-vous ma cause?

— Je te le promets.

— Eh bien! maman, dites à mon bon père que je renonce au bracelet. Voyez? Deux cents francs suffiraient à réaliser le projet d'Eline; et

si papa avait la bonté de me donner ces deux
cents francs, Mathurin et Jean-Pierre auraient
une vache au lieu d'une chèvre, ce qui assure-
rait le bien-être des braves gens de la masure. »

Il ne fut répondu ni oui, ni non; mais Mme de
Mély regarda sa fille avec une si profonde tendresse qu'Angèle ne douta plus du succès de sa
prière.

L'heureuse mère, dès qu'elle fut seule, lut at-
tentivement les feuilles mystérieuses que lui
avait confiées sa chère enfant.

« Depuis quatre mois, j'ai réfléchi plus que je
ne l'avais fait pendant toute ma vie, j'ai examiné
mon cœur, et, en regardant jusqu'au fond, j'ai
vu que ma disposition à ne pas me contenter de
ma part de jouissance vient de *l'égoïsme*, qui me
porte à ne considérer que moi en tout, et à rapporter tout à mon propre bien-être.

« Pourquoi n'avais-je fait aucune attention
aux dons de Dieu? au privilége d'avoir des
parents comme les miens; d'être né dans un
milieu tel que le nôtre, comme société, comme
fortune; d'avoir une santé robuste, un esprit
ami des jouissances intellectuelles; une vie
douce et facile? Pourquoi ne m'étais-je pas
aperçue de tout cela? ou du moins pourquoi
ai-je accepté ces dons, depuis près de dix-sept ans,
sans en témoigner à Dieu et à mes parents la

moindre gratitude? C'est parce qu'il me semblait que tout m'était dû.

« Aujourd'hui, mieux éclairée, je regrette le temps perdu en murmures, en plaintes inutiles, je regrette cette humeur chagrine qui me faisait tout déprécier. Les belles âmes que vous m'avez fait connaître, mère chérie, m'ont ouvert les yeux par leurs exemples. Ces exemples, vous me les aviez donnés vous-même dès mon enfance; mais l'habitude m'avait empêchée de les remarquer; je trouvais tout simple que vous fussiez toujours aimable, toujours calme, bonne et douce.

« Je croyais que le bonheur, pour mériter son nom, devait être sans mélange; et j'ai vu tout ce qu'il peut s'y mêler de poussière terrestre, sans qu'il cesse d'être à notre mesure, pendant notre voyage en ce monde.

« Maman, je ferai comme vous; j'attendrai le ciel pour être *parfaitement heureuse*; mais je ne ferai plus à la bonne Providence l'injure de ne pas compter ses dons, et de lui reprocher les épreuves de la vie; ce serait bien mal, puisque vous m'avez dit que ces épreuves sont la monnaie dont nous achetons le bonheur *complet* qui nous est préparé.

« Je veux m'appliquer à remarquer mes joies tout autant que mes contrariétés; à analyser ces compensations, visibles ou secrètes, qui nous aident à supporter les ennuis, les peines, et même le malheur. Je veux être reconnaissante, comme maman et comme ses amies.

« Mais quel changement s'est fait en moi! Calife Abdérame, je suis plus heureuse que vous qui n'aviez pas ma foi, ma mère, et tout ce que j'ai trouvé sous le toit de l'amitié! Des victoires, de l'or, un grand nom, le pouvoir souverain, ce n'était pas assez pour vous, je le comprends; vous avez dû bien souffrir pendant qu'on vous portait envie. Mes richesses dépassent les vôtres; moi, j'ai la vérité, la paix, et je suis aimée par des cœurs bons et fidèles.

« Allez, mes perles blanches, allez dire à maman que je suis heureuse, vous étiez en bien petit nombre; mais depuis que vous êtes tombées de mes doigts dans le tiroir du secret, j'ai appelé jours de bonheur tous ceux qui m'ont trouvée sans égoïsme, tous ceux qui ont été formés de ces trois éléments du bonheur : *Religion, charité, amitié.*

« Adieu, mes perles blanches, maman vous gardera, vous m'avez fait du bien. »

Une larme tomba sur le papier. Mme de Mély remercia Dieu, et alla embrasser son enfant, lui disant avec une émotion contenue :

« Entends-moi bien, Angèle; avec ces sentiments chrétiens et raisonnables, tu pourras souffrir si ta vie est difficile, mais tu ne seras jamais réellement malheureuse. »

Tout reprit, à Voxal, le train accoutumé; puis on songea au départ, car la saison des pluies se hâtait, revêtant de tristesse cette belle campagne, et faisant penser au confortable d'un appartement de Paris, bien clos, bien chauffé, aux joies du revoir, à l'animation de la grande ville, pour laquelle l'hiver est la belle saison.

Pendant que l'on s'occupait des derniers préparatifs, arriva de Guîtres une lettre à l'adresse d'Angèle.

Quel bonheur! une lettre d'Éline.

La jeune fille, sur un regard de sa mère, rompit vivement le cachet et lut :

« Ah! si j'avais comme vous des perles blanches, ma bonne Angèle, le petit tiroir en serait plein! Mon cœur est si joyeux, qu'en vérité, je crois n'avoir jamais été plus heureuse!

« Imaginez que je suis parvenue à faire pour les braves gens de la masure (le nom leur est resté) tout ce que j'avais rêvé. Cette loterie, à laquelle votre charité et votre adresse ont tant contribué, cette loterie a donné plus que je n'aurais osé l'espérer. Tout dernièrement encore, l'aimable Mme van Osten m'a envoyé de Belgique de fort jolis lots, et m'a demandé des bil-

lets pour tous les membres de sa famille; enfin
les deux cents francs que votre excellent père
vous a permis de m'envoyer, ont suffi pour
compléter le prix de la jolie vache bretonne.

« Si vous pouviez vous faire bien mince, vous
mettre dans une lettre, qu'on ornerait de cinq
cachets, et qu'on ferait charger par prudence,
vous jouiriez bien du contentement des enfants
et de leurs parents! Tous savaient qu'on s'occupait d'eux activement, et qu'on allait les retirer
de la misère; mais ils ne se doutaient pas des
détails, et ne pouvaient croire à tant de bonheur.

« Le père, que la pauvreté accablait morale-
ment et physiquement, se sent relevé et fortifié
par la certitude qu'il a de ne plus voir sa femme
et ses enfants souffrir de la faim et du froid. La
bonne Marion est tout autre. D'abord elle se lave
la figure et se peigne tous les jours, ce qui lui
donne un nouvel aspect; puis elle a repris cœur
à l'ouvrage, et, se piquant d'honneur, elle veut
entretenir la propreté dans sa maisonnette.
Maman lui a dit que, les uns ou les autres, nous
irions de temps en temps, sans la prévenir, lui
demander une tasse de lait chaud; cette seule
attente lui servira d'aiguillon quand elle sera
tentée de paresse ou de négligence.

« Je ne puis vous décrire la joie des chers

petits garçons; ils sont fous de bonheur! Cette
maisonnette rustique, composée de deux chambres, une étable et un grenier, leur semble un
palais. Ils se promènent chaque matin le long
du chemin désert, en attendant l'heure de l'école,
et la vache bretonne les suit, ou plutôt les
dirige, car elle mange ce qui lui plaît. Ils la re-
gardent avec une sorte d'admiration ; ils l'appellent *mignonne*, et Jean-Pierre l'embrasse, quand
elle est bien tranquille.

« Sur notre petite réserve, nous avons acheté
une bonne provision de bois, et fait mettre un
poêle dans chacune des deux chambres. Un peu
de feu, du matin au soir, sèche les plâtres et
empêche ces braves gens de souffrir de l'hu-
midité. Leurs visages expriment le contentement, et Marion dit sans rire que depuis quatre
jours qu'elle habite la maisonnette, et se voit à
la tête d'une vache, de huit poules, d'un coq et
de quatre lapins, son nourrisson a bien profité !

« Chère amie, on ne sait pas assez ce qu'on
gagne en s'occupant des autres. Bonne maman
me faisait remarquer hier avec bonté que la part
qu'elle a prise à ma loterie l'a distraite et inté-
ressée. Ma pauvre tante Seconde elle-même, si
peu disposée par nature à l'entrain, s'est sur-
passée en tout ceci. Elle nous a vraiment beau-

coup aidés, et ses jolis tricots, chefs-d'œuvre de
patience, ont été admirés de tous. Toutefois,
quand elle a vu, le jour du tirage, notre grande
salle du rez-de-chaussée envahie par nos amis et
nos connaissances, elle s'est sauvée et enfermée
dans sa chambre, ayant soin de mettre sa clef
en dedans.

« Le tirage, dont nous avons fait une petite
fête, s'est passé fort gaiement. Xavier et Rosa
prenaient l'un après l'autre, dans une corbeille,
les numéros gagnants; papa proclamait les noms
des favoris de la fortune; j'avais l'honneur de
désigner les lots, d'après les numéros d'ordre,
et Gonzague, la figure épanouie, les portait à
chacun. Un sort heureux a laissé entre les mains
de ma bonne mère le superbe coussin que vous
m'avez envoyé; je m'en suis bien réjouie.

« Et voilà donc notre petite œuvre terminée !
Ce qui dure encore, c'est ma joie, chère Angèle.
Ah! que je suis heureuse ! Soyez heureuse avec
nous, car vous avez été pour beaucoup dans
tout ce qui s'est fait et le généreux sacrifice de
votre bracelet a couronné notre entreprise.

« Que n'êtes-vous en ce moment près de moi !
De ma fenêtre, je vois la maisonnette éclairée
par le soleil; les braves gens vont et viennent ;
la vache est attachée à un piquet par une longue
corde, à trente pas de la maison ; les poules,

éparses sur le chemin désert, et tournant autour
de la vache, sont rappelées par le coq ; les enfants, revenus de l'école pour le repas de midi,
s'amusent à faire de l'herbe pour les lapins, tout
va bien ; c'est le travail, c'est la fatigue utile et
fructueuse, ce n'est plus la hideuse misère sans
issue, sans espérance! Les caractères se retrem-
pent, les santés se raffermissent. Nos chers petits garçons portent de bonnes blouses neuves,
par dessus un gilet de tricot; ils ont bonne mine et
sont charmants à voir. Jean-Pierre a eu hier la
croix! Je lui ai donné deux morceaux de pain
d'épice, pour doubler la valeur de cette distinction. Il m'a remercié la bouche déjà pleine, pendant qu'il donnait l'autre morceau à son frère.
Ces bons enfants sont maintenant traités beaucoup plus doucement, parce que les esprits sont
autour d'eux plus tranquilles; ils vont avoir un
peu de bon temps, tout en apprenant le caté-
chisme, à lire, écrire et compter. Merci de tout
cela, merci à Dieu, à mes parents, à mes amis, à
vous, Angèle. Je vous embrasse du fond de mon
cœur.

« ÉLISE. »

Angèle, après avoir lu cette lettre, se dit
comme Éline : « Ah ! si j'avais des perles
blanches ! »

Elle courut joyeusement au devant de sa mère, et laissa échapper de son cœur cette exclamation si familière à son amie : « Ah ! que je suis heureuse ! »

« De quoi es-tu heureuse, chère fille ?

— Du bonheur d'Éline et des pauvres gens de la masure.

— Enfant bien aimée, le travail est fait, tes efforts sont bénis ; tu jouis maintenant de ce qui fait jouir les autres. »

Il y eut encore là deux bons baisers. M. de Mély, arrivant sur ces entrefaites, demanda de quoi il s'agissait, en fut instruit, et prit part à la douce satisfaction de sa fille.

Ce fut pour Angèle une nouvelle occasion de remercier son père.

« Vous m'avez procuré une joie bien vive, mon cher papa, en me donnant ces deux cents francs ; je vous en suis profondément reconnaissante.

— Oui, mais tu n'as pas de bracelet.

— Ai-je besoin d'un bracelet pour me rappeler tout ce qui a précédé et suivi le *Traité des perles ?*

— C'est égal.... je.... non, tu ne sauras rien encore.

— Quoi donc ? Oh ! cher papa, je vous en prie, dites moi quelque chose ?

— C'est mon secret, mademoiselle ma fille.

— Pas de secret, monsieur mon père je veux tout savoir.

— Et vous ne saurez rien. »

Angèle eut recours aux grands moyens, elle jeta ses bras autour du cou de son père et l'embassa trois fois de suite. Il fut inébranlable, et se contenta de regarder sa femme en souriant, comme s'il y avait eu entre eux un complot joyeux.

« Ma fille, il serait inutile d'insister. Figure-toi que je n'ai rien dit, et n'y pense plus.

— Mais il y a un mystère, quand donc me sera-t-il permis de le pénétrer?

— En temps et lieu, c'est-à-dire à Paris et dans six semaines.

— A Paris et dans six semaines? Chère maman, occupons-nous du départ ; donnez des ordres, et qu'on se hâte de les exécuter. »

On se hâta, on retourna à Paris, on revit le chez-soi, les parents, les amis, et Mme de Mély, dès qu'elle fut installée, souscrivit au désir de sa fille qui la priait de la mener chez la courageuse et aimante Bathilde.

Non-seulement Angèle, à partir de ce moment, allait souvent rendre visite à la famille créole, si bonne et si bienveillante, mais sa mère la laissait en compagnie de Bathilde une partie de l'après-midi, disant à ces dames, d'un air de connivence : « Je vous confie Angèle et je me sauve; on m'attend.... Je reviendrai dans trois heures. »

« Qu'y a-t-il donc? demandait Angèle, quand, son ouvrage en main, elle était seule avec Bathilde.

— Je n'en sais rien.

— Vous le savez, car vous riez.

— Je n'en sais rien.

— Voyons, pourquoi ne pas me le dire? puisque j'ai deviné qu'on me cache quelque chose.

— Pourquoi? parce que rien n'est doux comme la surprise, quand elle est préparée par un père aussi bon que le vôtre.

— Qu'est-ce que cela peut être?

—· Tout ce qu'il y a de plus aimable.

— Mais quand le saurai-je? dites-le moi, du moins.

— Dans trois jours : jeudi prochain. Vos parents ont la bonté de me prendre pour témoin de votre joie. Ils m'ont invitée à votre dîner de famille, et ma mère, qui ne peut quitter bonne maman, m'a permis d'accepter.

— Vous viendrez dîner jeudi, chère Bathilde?

— Oui, c'est une petite indiscrétion que je fais là, mais enfin....

— Oh ! ne la regrettez pas; l'espérance est chose aussi douce que la surprise. »

Son entrée fut une fête. (Page 293.)

Il arriva, ce jeudi attendu, non sans un peu d'impatience.

Bathilde, vers six heures, abandonna son aiguille et sa laine, se recoiffa, mit une robe de soie noire, très-bien faite, un col et des manchettes, un nœud de ruban bleu ciel, embrassa mère et grand'mère, et prit place dans la voiture de Mme de Mély, qui avait eu la délicate attention de l'envoyer chercher.

Son entrée fut une fête. Angèle l'attendait au haut de l'escalier; c'était la première fois qu'elle venait dîner et passer une soirée en famille. L'amitié appréciait, de part et d'autre, cette réunion momentanée.

M. de Mély, surtout, paraissait joyeux, et, malgré ses réticences, Angèle voyait que la *surprise* était aussi agréable au père qu'à la fille.

On dîna gaiement; mais le maître de maison pressait le service, sans s'en rendre compte, et semblait n'aspirer qu'à rentrer au salon. Au dessert, il ne put s'empêcher de dire :

« Et les perles blanches? que sont-elles donc devenues, ma fille?

— Papa, c'est maman qui les a gardées.

— Ah! vraiment? Il ne faudra pas les perdre.

— Non, certes, c'est un trop bon souvenir; mais je me fie à maman qui n'a jamais rien perdu.»

Enfin, on rentra au salon et l'on se rapprocha du foyer pétillant. Alors, le bon père présenta à sa fille un bel écrin.

« Tiens, mon enfant, dit-il, voici un bijou auquel tu ne renonceras jamais. »

Angèle ouvrit l'écrin.

« Mon bon père, quel trésor! »

C'était la miniature de sa mère, faite par une main habile, et encadrée de velours grenat. Tout autour du médaillon, on voyait quatorze perles blanches.

Le premier regard d'Angèle fut pour sa mère, qui avait eu la pensée de lui faire suivre un cours de bonheur; puis, les yeux pleins des plus douces larmes, elle se jeta dans les bras de son excellent père; et, pour lui témoigner sa reconnaissance, ne put trouver que ce mot :

« Ah ! que je suis heureuse ! »

TABLE

1

Typographie Lahure, rue de Fleurus, 9, à Paris.

LIBRAIRIE HACHETTE ET CIE

BOULEVARD SAINT-GERMAIN, 79, A PARIS

LE

JOURNAL DE LA JEUNESSE

NOUVEAU RECUEIL HEBDOMADAIRE

POUR LES ENFANTS DE 10 A 15 ANS

Très-richement illustré par les plus célèbres artistes.

Les trois premières années (1873-1875) sont en vente.

Ce nouveau recueil hebdomadaire est spécialement destiné aux jeunes gens et aux jeunes filles de dix à quinze ans.

Il forme, chaque semaine, une livraison de seize pages imprimées sur deux colonnes, contenant environ 1200 lignes de texte et de belles gravures d'après nos meilleurs artistes. La première partie est consacrée aux œuvres d'imagination, aux voyages; l'autre, à ces mille notions de science, d'art, d'industrie, qu'il est si utile de présenter à la jeunesse et qui l'intéressent d'autant plus, qu'elles lui sont présentées avec tout l'attrait de l'actualité. La couverture elle-même forme tous les quinze jours un supplément consacré à des problèmes, des charades, des logogriphes, des questions historiques, fournissant aux lecteurs un sujet de recherches attrayantes et instructives. Les noms des auteurs des solutions sont publiés.

Les trois premières années du *Journal de la Jeunesse* forment six magnifiques volumes in-8°, très-richement illustrés.

Ces volumes sont les livres les plus attrayants et les plus instructifs que l'on puisse mettre entre les mains de la jeunesse. Il suffira de jeter un coup d'œil sur le rapide énoncé des principaux articles qui les composent pour se convaincre que le *Journal de la Jeunesse* a fidèlement observé le programme qu'il s'était proposé.

MATIÈRES CONTENUES DANS LES SIX PREMIERS VOLUMES

DU

JOURNAL DE LA JEUNESSE

ACTUALITÉS, CONTEMPORAINS, VARIÉTÉS. — Le Naufrage du *Northfleet*, la Famille Durand à l'Exposition de Vienne, Verguin, par Eug. Muller; Découvertes au Forum romain, par Fr. Wey; les Ascensions du *Zénith*, par G. Tissandier; les Bohémiens par L. Rousselet; le Naufrage de l'*Atlantic*, Horace Greeley, par P. Vincent; l'Ouverture de la chasse, l'Exposition des races canines, par Th. Lally; Agassiz, Livingstone, Latour-d'Auvergne, Kaméhaméha V, le capitaine Boyton, par El. Leroux; l'Arc, l'Arbalète, par H. de la Blanchère; Paganini, Nélaton et Coste, un Examen en Chine, par H. Norval; Boïeldieu, par N. Mouzin; Tourville, Chateaubriand, par H. du Coudray.

CONDITIONS ET MODE DE LA PUBLICATION

LE JOURNAL DE LA JEUNESSE paraît le samedi de chaque semaine. Le prix du numéro est de 40 centimes.

Chaque année de la publication forme deux beaux volumes in-8° richement illustrés. Prix de chaque volume. broché, 10 fr.; cartonné en percaline rouge, tranches dorées, 13 fr.

PRIX DE L'ABONNEMENT

POUR PARIS ET LES DÉPARTEMENTS

UN AN (2 volumes)........... 20 FRANCS

SIX MOIS (1 volume).......... 10 —

NOTA. — Ces prix augmentent de 2 fr. pour l'année et de 1 fr. pour six mois pour les pays étrangers faisant partie de l'Union générale des postes.

Les abonnements ne se prennent que pour un an ou six mois, du 1er décembre et du 1er juin

BIBLIOTHÈQUE ROSE ILLUSTRÉE

Format in-18 jésus, à 2 fr. 25 le volume

La reliure en percaline rouge se paye en sus : tranches jaspées, 1 fr.;
tranches dorées, 1 fr. 25.

1re SÉRIE. — POUR LES ENFANTS DE 4 A 8 ANS.

Anonyme : *Chien et chat;* 3e édit. 1 vol. traduit de l'anglais par Mme A. Dibarrart, avec 45 vignettes par E. Bayard.

— *Douze histoires pour les enfants de quatre à huit ans,* par une mère de famille; 3e édit. 1 vol. imprimé en gros caractères, avec 18 grandes vignettes par Bertall.

— *Les enfants d'aujourd'hui,* par la même; 3e édit. 1 vol. avec 40 vignettes par Bertall.

Carraud (Mme Z.) : *Historiettes véritables* pour les enfants de quatre à huit ans; 3e édit. 1 vol. avec 94 vignettes par Fath.

Fath (G.) : *La sagesse des enfants,* proverbes avec 100 vignettes par l'auteur. 1 vol.

Marcel (Mme J.) : *Histoire d'un cheval de bois;* 2e édit. 1 vol. imprimé en gros caractères et avec 20 vignettes par E. Bayard.

Pape-Carpentier (Mme) : *Histoires et leçons de choses pour les enfants;* 7e édit. 1 vol. avec 85 vignettes.

Ouvrage couronné par l'Académie française.

Perrault, Mmes d'Aulnoy et Leprince de Beaumont : *Contes de fées.* 1 vol. avec 65 vignettes par Bertall, Forest, etc.

Porchat (L.) : *Contes merveilleux;* 3e édit. 1 vol. avec 21 grandes vignettes par Bertall.

Schmidt (le chanoine Ch. von) : 190 *Contes pour les enfants,* traduits de l'allemand par André Van Hasselt; 2e édit. 1 vol. avec 29 vignettes par Bertall.

Ségur (Mme la comtesse de) : *Nouveaux contes de fées;* 4e édit. 1 vol. avec 46 vignettes par Gust. Doré et H. Didier.

2e SÉRIE. — POUR LES ENFANTS DE 8 A 14 ANS.

Achard (Amédée) : *Histoire de mes amis.* 1 vol. avec 20 vignettes par E. Bellecroix, A. Mesnel, etc.

Andersen : *Contes choisis,* traduits du danois par Soldi; 4e édit. 1 vol. avec 40 vignettes par Bertall.

Anonyme : *Les fêtes d'enfants,* scènes et dialogues; 4e édit. 1 vol. avec une préface de M. l'abbé Beautain et 41 vignettes par Foulquier.

Assollant (A.) : *Les aventures merveilleuses, mais authentiques du capitaine Corcoran;* 3e édit. 2 vol. avec 50 vignettes par A. de Neuville.

Chaque volume se vend séparément.

Barrau (Th. H.) : *Amour filial;* 4e édit. 1 vol. avec 41 vignettes par Ferogio.

Bawr (Mme de) : *Nouveaux contes;* 4e édit. 1 vol. avec 40 vignettes par Bertall.

Ouvrage couronné par l'Académie française.

Beleze : *Jeux des adolescents;* 4e édit. 1 vol. avec 115 vignettes.

Berquin : *Choix de petits drames et de contes;* 2e édit. 1 vol. avec 36 vignettes par Foulquier, etc.

Berthet (Elie) : *L'enfant des bois;* 4e édit. 1 vol. avec 61 vignettes.

Blanchère (de la) : *Les aventures de La Ramée et de ses trois compagnons;* 2e édit. 1 vol. avec 36 vignettes par E. Forest.

— *Oncle Tobie le pêcheur;* 2e édition. 1 vol. avec 80 vignettes par Foulquier et Mesnel.

Boiteau (P.) : *Légendes* recueillies ou composées pour les enfants ; 2e édit. 1 vol. avec 42 vignettes par Bertall.

Carraud (Mme Z.) : *La petite Jeanne*, ou le Devo'r ; 6e édit. 1 vol. avec 21 vignettes par Forest.

Ouvrage couronné par l'Académie française.

— *Les métamorphoses d'une goutte d'eau*, suivies des *Aventures d'une fourmi, des guêpes*, etc. ; 4e édition. 1 vol. avec 50 vignettes par E. Bayard.

— *Les goûters de la grand'mère* ; 3e édit. 1 vol. avec 18 vignettes par Bayard.

Castillon (A.) : *Les récréations physiques* ; 3e édit. 1 vol. avec 34 vignettes par Castelli.

— *Les récréations chimiques*, faisant suite aux *Récréations physiques* ; 3e éd. 1 vol. avec 34 vignettes par H. Castelli.

Chabreul (Mme de) : *Jeux et exercices des jeunes filles* ; 4e édit. 1 vol. contenant la musique des rondes et 50 vignettes par Fath.

Colet (Mme L.) : *Enfances célèbres* ; 8e éd. 1 vol. avec 57 vignettes par Foulquier.

Contes anglais, traduits par Mme de Witt. 1 vol. avec 43 vignettes par E. Morin.

Edgeworth (Miss) : *Contes de l'adolescence*, traduits par A. Le François ; 2e édit. 1 vol. avec 42 vignettes par Morin.

— *Contes de l'enfance*, traduits par le même. 1 vol. avec 27 vignettes par Foulquier.

Fénelon : *Fables*. 1 vol. avec 24 vignettes par Forest et E. Bayard.

Fleuriot (Mlle Zénaïde) : *Le petit chef de famille* ; 2e édition. 1 vol. avec 51 vignettes par H. Castelli.

— *Plus tard, ou le jeune chef de famille*. 1 vol. avec 60 vignettes par Bayard.

— *En coupé*. 1 vol. avec 61 vignettes par A. Marie.

— *Bigarrette*. 1 vol. avec 55 vignettes par A. Marie.

Foë (de) : *La vie et les aventures de Robinson Crusoé*, traduites de l'anglais, édition abrégée. 1 vol. avec 40 vignettes.

Genlis (Mme de) : *Contes moraux*. 1 vol. avec 40 vignettes par Foulquier, etc.

Gouraud (Mlle Julie) : *Les enfants de la ferme* ; 3e édit. 1 vol. avec 50 vignettes par E. Bayard.

— *Le livre de Maman* ; 2e édit. 1 vol. avec 68 vignettes par E. Bayard.

— *Cécile ou la petite sœur* ; 3e édit. 1 vol. avec 23 vignettes par Desandré.

— *Lettres de deux poupées* ; 4e édit. 1 vol. avec 59 vignettes par Olivier.

— *Le petit colporteur* ; 3e édit. 1 vol. avec 27 vignettes par A. de Neuville.

— *Les mémoires d'un petit garçon* ; 5e édit. 1 vol. avec 86 vignettes par E. Bayard.

— *Les mémoires d'un caniche* ; 4e édit. 1 vol. avec 75 vignettes par E. Bayard.

— *L'enfant du guide* ; 4e édit. 1 vol. avec 60 vignettes par E. Bayard.

— *Petite et grande* ; 3e édition. 1 vol. avec 48 vignettes par E. Bayard.

— *Les quatre pièces d'or* ; 2e édit. 1 vol. avec 51 vignettes par E. Bayard.

— *Les deux enfants de Saint-Domingue*. 1 vol. avec 54 vignettes par E. Bayard.

— *La petite maîtresse de maison*. 1 vol. avec 27 vignettes par A. Marie.

Grimm (les frères) : *Contes choisis*, traduits de l'allemand par Frédéric Baudry. 1 vol. avec 40 vignettes par Bertall.

Hauff : *La caravane*, traduit de l'allemand par A. Talon ; 3e édit. 1 vol. avec 40 vignettes par Bertall.

— *L'auberge du Spessart*, traduite de l'allemand par le même ; 3e édit. 1 vol. avec 61 vignettes par Bertall.

Hawthorne : *Le livre des merveilles*, traduit de l'anglais par L. Rabillon. 2 vol.

1re série, avec 40 vign. par Bertall. 1 vol.
2e série, avec 26 vign. par Bertall. 1 vol.
Chaque série se vend séparément.

Hébel et Karl Simrock : *Contes allemands*, imités de Hébel et Karl Simrock, par N. Martin ; 3e édit. 1 vol. avec 23 vignettes par Bertall.

Johnson (R. B.) : *Dans l'extrême Far West*. Aventures d'un émigrant dans la Colombie anglaise, traduites de l'anglais par A. Talandier ; 2e édit. 1 vol. avec 20 vignettes par A. Marie.

Marcel (Mme Jeanne) : *L'école buissonnière;* 2e édit. 1 vol. avec 28 vignettes par A. Marie.
— *Le bon frère;* 2e édit. 1 vol. avec 21 vignettes par E. Bayard.
— *Les petits vagabonds;* 2e édit. 1 vol. avec 23 vignettes par E. Bayard.

Maréchal (Mlle). *La dette de Ben-Aïssa;* 2e édition. 1 vol. avec 20 vign. par Bertall.

Marmier : *L'arbre de Noël;* 2e édit. 1 vol. avec 60 vignettes par Bertall.

Mayne-Reid (le capitaine). Ouvrages traduits de l'anglais :
— *Les chasseurs de girafes,* traduit par H. Wallemare; 3e édit. 1 vol. avec 10 vignettes par A. de Neuville.
— *A fond de cale,* traduit par Mme H. Loreau; 3e édit. 1 vol. avec 12 grandes vignettes.
— *A la mer!* traduit par Mme H. Loreau; 5e édit. 1 vol. avec 12 grandes vignettes.
— *Bruin, ou les chasseurs d'ours,* traduit par A. Letellier. 1 vol. avec 8 grandes vignettes.
— *Le chasseur de plantes,* traduit par Mme H. Loreau. 1 vol. avec 12 grandes vignettes.
— *Les exilés dans la forêt,* traduit par Mme H. Loreau; 4e édit. 1 vol. avec 12 grandes vignettes.
— *Les grimpeurs de rochers,* traduit par Mme H. Loreau. 1 vol. avec 20 grandes vignettes.
— *Les peuples étranges,* traduit par Mme H. Loreau. 1 vol. avec 8 grandes vignettes.
— *Les vacances des jeunes Boërs,* traduit par Mme H. Loreau. 1 vol. avec 12 grandes vignettes.
— *Les veillées de chasse,* traduit par H. D. Révoil. 1 vol. avec 43 vignettes par Freemann.
— *L'habitation du désert,* ou Aventures d'une famille perdue dans les solitudes de l'Amérique. Traduit par A. Le François. 1 vol. avec 24 grandes vignettes par G. Doré.

Muller (Eugène). *Robinsonette;* 2e éd. 1 vol. avec 20 vignettes par Liz.

Peyronny (Mme de), née d'Isle : *Deux cœurs dévoués;* 3e édit. 1 vol. avec 53 vignettes par J. Desaux.

Les deux premières éditions ont paru sous le titre : *Histoire de deux âmes.*

Pitray (Mme la comtesse de) : *Les enfants des Tuileries;* 3e édit. 1 vol. avec 57 vignettes par Bayard.
— *Les débuts du gros Philéas;* 2e édit. 1 vol. avec 57 vignettes par H. Castelli.

Rendu (V.) : *Mœurs pittoresques des insectes.* 1 vol. avec 49 gravures.

Ouvrage couronné par la Société pour l'instruction élémentaire.

Sandras (Mme) : *Mémoires d'un lapin blanc;* 3e édit. 1 vol. avec 20 vignettes par E. Bayard.

Ouvrage couronné par la Société pour l'instruction élémentaire.

Sannois (Mme la comtesse de) : *Les soirées à la maison;* 2e édit. 1 vol. avec 42 vignettes par E. Bayard.

Ségur (Mme la comtesse de) : *Après la pluie, le beau temps;* 2e édit. 1 vol. avec 128 vignettes par E. Bayard.
— *Le mauvais génie;* 3e édit. 1 vol. avec 90 vignettes par E. Bayard.
— *Comédies et proverbes;* 5e édit. 1 vol. avec 60 vignettes par E. Bayard.
— *Diloy le chemineau;* 3e édit. 1 vol. avec 90 vignettes par H. Castelli.
— *François le bossu;* 5e édit. 1 vol. avec 116 vignettes par E. Bayard.
— *Jean qui grogne et Jean qui rit;* 5e édit. 1 vol. avec 79 vignettes par H. Castelli.
— *La fortune de Gaspard;* 4e édit. 1 vol. avec 33 vignettes par Gerlier.
— *La sœur de Gribouille;* 5e édit. 1 vol. avec 72 vignettes par Castelli.
— *L'auberge de l'ange gardien;* 3e édition. 2 vol. avec 75 vignettes par Foulquier.
— *Le général Dourakine;* 7e édit. 1 vol. avec 100 vign. par E. Bayard.
— *Les bons enfants;* 6e édit. 1 vol. avec 70 vignettes par Ferogio.
— *Les deux nigauds;* 6e édit. 1 vol. avec 76 vignettes par Castelli.
— *Les malheurs de Sophie;* 10e édit. 1 vol. avec 48 vignettes par Castelli.
— *Les petites filles modèles;* 8e édit. 1 vol. avec 21 grandes vignettes par Bertall.
— *Les vacances;* 4e édit. 1 vol. avec 36 vignettes par Bertall.
— *Mémoires d'un âne;* 8e édit. 1 vol. avec 75 vignettes par Castelli.
— *Pauvre Blaise;* 3e édit. 1 vol. avec 63 vignettes par H. Castelli.

— *Quel amour d'enfant!* 5e édit. 1 vol. avec 19 vignettes par E. Bayard.

— *Un bon petit diable;* 6e édit. 1 vol. avec 100 vignettes par Castelli.

Stolz (Mme de) : *La maison roulante;* 3e édit. 1 vol. avec 20 vignettes sur bois par E. Bayard.

— *Le trésor de Nanette;* 3e édition. 1 vol. avec 25 vignettes par E. Bayard.

— *Blanche et noire;* 2e édit. 1 vol. avec 54 vignettes par E. Bayard.

— *Par-dessus la haie;* 2e édit. 1 vol. avec 56 vignettes par A. Marie.

— *Les poches de mon oncle;* 2e édit. 1 vol. avec 31 vignettes par Bertall.

— *Les vacances d'un grand-père.* 1 vol. avec 40 vignettes par J. Delafosse.

Swift : *Voyages de Gulliver à Lilliput, à Brobdingnag et au pays des Houyhnhms,* traduits de l'anglais et abrégés à l'usage des enfants. 1 vol. avec 57 vignettes.

Tauller (Jules) : *Les deux petits Robinsons de la Grande-Chartreuse;* 4e édit. 1 vol. avec 69 vignettes par E. Bayard et Hubert Clerget.

Tournier : *Les premiers chants,* poésies à l'usage de la jeunesse, avec 20 vignettes par Gustave Roux.

Vimont (Ch.) : *Histoire d'un navire;* 6e édit. 1 vol. avec 40 vignettes par Alex. Vimont.

Witt, née Guizot (Mme de) : *Enfants et parents;* 2e édit. 1 vol. avec 31 vignettes par A. de Neuville.

— *La petite fille aux grand'mères.* 1 vol. avec 36 vignettes par Beau.

3e SÉRIE — POUR LES ADOLESCENTS.

ET POUVANT FORMER UNE BIBLIOTHÈQUE POUR LES JEUNES FILLES DE 16 A 18 ANS.

VOYAGES

Agassiz (M. et Mme) : *Voyage au Brésil,* traduit de l'anglais par Vogeli et abrégé par J. Belin de Launay. 1 vol. avec 16 gravures et une carte.

Aunet (Mme L. d') : *Voyage d'une femme au Spitzberg;* 4e édit. 1 vol. avec 34 gravures.

Baines (Th.). *Voyages dans le sud-ouest de l'Afrique;* traduits et abrégés par J. Belin de Launay; 2e édit. 1 vol. avec 1 carte et 22 gravures.

Baker (S. W.). *Le lac Albert;* 2e édit. Nouveau voyage aux sources du Nil. 1 vol. abrégé sur la traduction de Gustave Masson par J. Belin de Launay, avec 16 vignettes et 1 carte.

Baldwin : *Du Natal au Zambèse,* 1851-1866. Récits de chasses. Traduits par Mme Henriette Loreau et abrégés par J. Belin de Launay; 2e édit. 1 vol. avec 24 gravures et 1 carte.

Burton (Le capitaine) : *Voyages à la Mecque, aux grands lacs d'Afrique et chez les Mormons,* abrégés par J. Belin de Launay. 1 vol. avec 12 gravures et 3 cartes.

Catlin : *La vie chez les Indiens,* traduit de l'anglais; 3e édit. 1 vol. avec 23 gravures.

Hayes (Dr J.-J.) : *La mer libre du pôle.* Traduction de M. F. de Lanoye, abrégée par M. J. Belin de Launay. 1 vol. avec 14 gravures et 1 carte.

Hervé et de Lanoye : *Voyage dans les glaces du pôle arctique;* 4e édit. 1 vol. avec 40 gravures.

Lanoye (Ferd. de) : *Le Nil et ses sources;* 3e édit. 1 vol. avec 32 gravures et cartes.

— *Ramsès le Grand,* ou l'Égypte il y a trois mille trois cents ans; 2e édition. 1 vol. avec 39 vignettes par Lancelot, Bayard, etc.

— *La Sibérie;* 2e édit. 1 vol. avec 48 vignettes par Lebreton, etc.

— *Les grandes scènes de la nature;* 3e édit. 1 vol. avec 40 gravures.

— *La mer polaire*, voyage de l'*Érèbe* et de la *Terreur*, et expédition à la recherche de Franklin; 3e édit. 1 vol. avec 29 gravures et des cartes.

Livingstone (David et Charles): *Explorations dans l'Afrique australe*, abrégées par J. Belin de Launay. 1 vol. avec 20 gravures et 1 carte.

Mage (L.): *Voyage dans le Soudan occidental*, abrégé par J. Belin de Launay. 1 vol. avec 16 gravures et 1 carte.

Milton et Cheadle: *Voyage de l'Atlantique au Pacifique*, traduit et abrégé par J. Belin de Launay. 1 vol. avec 16 gravures et 2 cartes.

Mouhot (Henri): *Voyages dans les royaumes de Siam, de Cambodge et de Laos*, relation extraite du journal de l'auteur par F. de Lanoye. 1 vol. avec 28 gravures et 1 carte.

Palgrave (W.-G.): *Une année dans l'Arabie centrale*, traduction abrégée par J. Belin de Launay, avec 12 gravures et 1 carte. 1 vol.

Perron d'Arc: *Aventures d'un voyageur en Australie, neuf mois de séjour chez les Nagarnooks*; 2e édit. 1 vol. avec 24 vignettes par Liz.

Pfeiffer (Mme Ida): *Voyages autour du monde*; abrégés par J. Belin de Launay; 2e édit. 1 vol. avec 16 grav. et 1 carte.

Piotrowski: *Souvenirs d'un Sibérien*; 2e édit. 1 vol. avec 10 gravures.

Speke: *Les sources du Nil*, édition abrégée par J. Belin de Launay des Voyages de Speke et de Grant; 2e éd. 1 vol. avec 24 gravures et 3 cartes.

Vambéry (A.): *Voyages d'un faux derviche dans l'Asie centrale*, traduits de l'anglais par E. H. Forgues et abrégés par J. Belin de Launay; 2e édit. 1 vol. avec 18 gravures et 1 carte.

HISTOIRE

Le loyal serviteur: *Histoire du gentil seigneur de Bayard*, revue et abrégée, à l'usage de la jeunesse, par Alph. Feillet; 2e édit. 1 vol. avec 36 vignettes par P. Sellier.

Monnier (Marc): *Pompéi et les Pompéiens*; 2e édit. à l'usage de la jeunesse. 1 vol. avec 22 vignettes par Thérond.

Plutarque: *Vie des Grecs illustres*, édition abrégée par Alph. Feillet sur la traduction de M. E. Talbot; 2e édit. 1 vol. avec 53 vignettes par P. Sellier.

— *Vie des Romains illustres*, édition abrégée par A. Feillet sur la traduction de M. Talbot. 1 vol. avec 69 vignettes par P. Sellier.

Retz (cardinal de): *Mémoires*, abrégés par Alph. Feillet, avec 35 vignettes par Gilbert, etc. 1 vol.

LITTÉRATURE

Bernardin de Saint-Pierre: *Œuvres choisies*. 1 vol. avec 42 vignettes par E. Bayard.

Cervantès: *Histoire de l'admirable don Quichotte de la Manche*; édition à l'usage de la jeunesse. 2 vol. avec 64 vignettes par Bertall et Forest.

Homère; *L'Iliade et l'Odyssée*, traduites par P. Giguet et abrégées par Alph. Feillet. 1 vol. avec 33 vignettes par Olivier.

Le Sage: *Aventures de Gil Blas*, édition à l'usage de la jeunesse. 1 vol. avec 50 vignettes par Leroux.

Mac-Intosch (Miss): *Contes américains*, traduits par Mme Dionis. 2 vol. avec 120 vignettes par E. Bayard.

Maistre (Xavier de): *Œuvres choisies*. 1 vol. avec 15 vignettes par E. Bayard.

Molière: *Œuvres choisies*, abrégées à l'usage de la jeunesse. 2 vol. avec 22 vignettes par Hillemacher.

Virgile: *Œuvres choisies*, traduites et abrégées à l'usage de la jeunesse, par Th. Barrau et Alph. Feillet. 1 vol. avec 20 vignettes par P. Sellier.

Paris. — Imp. Viéville et Capiomont, rue des Poitevins.